MINISTERIO DE LOLA Y SUS AMIGOS

Ministerio de Lola y sus Amigos

Fatima Reyes Guevara

Para realizar pedidos de este libro, contacte con:
Palibrio LLC
1663 Liberty Drive
Suite 200
Bloomington, IN 47403
Gratis desde EE. UU. al 877.407.5847
Gratis desde México al 01.800.288.2243
Gratis desde España al 900.866.949
Desde otro país al +1.812.671.9757
Fax: 01.812.355.1576
ventas@palibrio.com
474894

DEDICATORIA

Dedico este libro a mi gran Dios y salvador Jesucristo, quien a puesto en mis manos este ministerio y está conmigo en todo momento.

También deseo dedicarlo a mi esposo Salvador Vargas y a mis hijos Jared y Benjamín, con todo mi amor.

AGRADECIMIENTO

De manera especial agradezco a mi Señor Jesucristo que me dió la oportunidad de hacer realidad este sueño.

También a mi esposo e hijos que están a mi lado en todo momento.

A mi gran amiga Yolanda Medina que siempre me motiva a seguir adelante.

A los pastores Terrazas por todo el apoyo que me dan.

A mi amiga Edith Armenta, por darse el tiempo y apoyarme en todo lo que necesite.

A cada integrante de este ministerio que sirve a Dios junto conmigo.

Y a todos aquellos que de una u otra manera me han dado su apoyo.

Gracias por ser bendición para mi vida.

CONTENIDO

LA CREACION

Personajes:Emily, Lola, Susy

(Entra Emily y simula abrir una ventana y se sienta, luego entran Lola y Susy buscándola).

Emily:(Mira como viendo el cielo). Esta noche parece que brillan más las estrellas (suspira), si pudiera tocar una, sería genial.

(Voz de adentro).

LOLA:¡Emily!, ¡Emily!

SUSY:¿Dónde estás? (entran).

LOLA:Parece que no está en su cuarto.

SUSY:Ahí está, en la ventana sentada.

LOLA:¡Emily, bájate de ahí, puedes caerte!

SUSY:¿Qué haces aquí?

EMILY:Estoy viendo las estrellas, miren hay grandes y pequeñas.

SUSY:Es verdad, ¡miren!, ahí está una solita.

LOLA:Acá hay unas en grupo.

EMILY:Parece que forman figuras.

SUSY:Cierto, que bonitas se ven todas.

EMILY:Es fantástico lo que Dios puede hacer; a veces me pregunto si las haría primero o al último.

LOLA:Claro que lo es, El creó todo y a nosotras también.

EMILY:¿Creó?, es como crear algo, ¿verdad?

LOLA:Si Emily, Dios las hizo en la creación.

SUSY:Pero… ¿qué es crear?

LOLA:Es como darle forma a algo.

SUSY:Pero, ¿cómo?

LOLA:Como cuando hacemos algo y le damos forma hasta terminarlo.

SUSY:¡Ah!, como cuando hacemos figuras con plastilina.

EMILY:También cuando hacemos un dibujo.

SUSY:Ya entiendo.

EMILY:¿Pero cuándo hizo las estrellas Dios?

SUSY:Podemos ver en el libro de historias de la Biblia.

EMILY:Si, si veamos, ¿lo tienes Lola?

LOLA:(Se agacha simulando buscar en una mochila). Si, aquí está, veamos… bien, la creación… La tierra estaba toda desordenada y…

SUSY:Como el cuarto de mi hermano, es un total desorden.

EMILY:No interrumpas deja que lea la historia, continua Lola.

LOLA:Bien, decía, la tierra estaba toda desordenada y vacía, no había nada, solo tinieblas, oscuridad, y el Espíritu de Dios se movía sobre las aguas.

SUSY:¿Todo estaba oscuro y no había nada?, que miedo.

LOLA:Así es Susy, pero Dios dijo; sea la luz día y las tinieblas noche. Este es el primer día; en el segundo día hizo los cielos. En el tercer día junto las aguas en un lugar y se descubrió lo seco, entonces llamó mares al agua y tierra a los seco; también hizo crecer árboles con hojas de muchos tamaños, formas y colores, flores de muchos colores y pastos. Al cuarto día hizo al sol, la luna y las estrellas que nos alumbran en la noche.

EMILY:¡Qué bien!, al fin sé que en el cuarto día hizo las estrellas, no lo olvidaré.

SUSY:Y en el quinto día, ¿qué hizo?

LOLA:Hizo las aves y peces del mar.

EMILY:Me gusta escuchar los pájaros, parece que cantan alabanzas a Dios.

SUSY:Mi tía tiene muchos pájaros y cantan muy bonito.

LOLA:Eso parece.

EMILY:Pero sigue leyendo, ¿después que hizo?

LOLA:Veamos, en el día sexto, ahí hizo todos los animales de la tierra y terminó.

LAS DOS:¡¿Terminó?

EMILY:¿Ya no hay más días?

LOLA:Bueno sí, pero en el día siete, lo bendijo y descanso de toda la obra que había hecho en la creación.

EMILY:Ah!, entonces Dios creó y formó todo en seis días y en el día siete descanso.

LOLA:¡Exacto!, y contemplaba todo lo que había hecho.

SUSY:¿Y a nosotras también nos hizo?

LOLA:Sí, y somos lo más importante y especial de toda la creación.

EMILY:Es verdad, porque somos únicos, diferentes y especiales.

SUSY:Porque unos son altos y otros bajitos.

EMILY:También el cabello es diferente.

SUSY:Cierto, unos son negros, o café, hasta amarillo.

EMILY:Hasta anaranjado, jajajajajjaa (ríen).

SUSY:Y los ojos…..

LOLA:Cada uno es diferente y no importa como sea tu físico porque saben, nosotros también podemos brillar como las estrellas. (Levantan cabeza como mirando estrellas).

SUSY:¿Pero cómo vamos a brillar?

LOLA:Dios nos formó y nos dio habilidades únicas y especiales, y El quiere vivir en nuestro corazón.

EMILY:Ya entiendo, si Dios vive en nuestros corazones y nos portamos bien, obedeciendo a papá y mamá, entonces brillamos.

SUSY:También cuando ayudamos a alguien que necesita ayuda.

LOLA:Así es chicas, hay que portarnos bien y obedecer para brillar siempre.

EMILY:Hay que hacer un dibujo de la creación juntas.

LOLA:Buena idea.

SUSY:Y dibujamos a nuestra familia y a nosotras.

LOLA:Si, porque somos parte de la creación de Dios.

EMILY:Yo quiero brillar mucho como las estrellas.

SUSY:También yo.

LOLA:Pero mañana pues ya es tarde, debemos dormir.

SUSY:Ya tengo sueño. (Bosteza).

EMILY:Trajeron sus cosas, ¿verdad?

LOLA:Yo traigo mi almohada favorita.

SUSY:Yo tengo mi cobija.

(Salen).

UN AMOR FUERTE.

(MI ABUELITO MURIÓ).

Personajes: José, Lola, Emily, Susy.

(Entra José con la cabeza agachada muy triste).

JOSE: Extraño mucho a mi abuelito…me gustaba platicar con él y hacer cosas juntos. (Suspira).

(Entran Lola, Emily, Susy).

SUSY: Ahí está José, se ve muy triste.

EMILY: Su abuelito acaba de morir.

LOLA: Vamos con él, para animarlo. (Se acercan, lo rodean para que quede en medio José).

EMILY: Sentimos lo que ha sucedido con tu abuelito.

SUSY: Es muy triste.

JOSE: Si lo es, lo extraño mucho.

EMILY: Vamos a jugar, tal vez te sientas mejor.

JOSE: No, la verdad estoy preocupado por mi abuelita.

LOLA: ¿Por qué?

SUSY: ¿Se enfermo?

JOSE: No, ella está bien, bueno por decirlo.

EMILY: Entonces, ¿por qué te preocupas por ella?

JOSE: Porque ahora está sola, quien la va a cuidar y ayudar en lo que necesite.

LOLA: No está sola, tiene a tu mamá, a ti y a muchas personas que la quieren.

JOSE: Pero ella vive en otra ciudad.

SUSY: Es verdad.

JOSE: No podemos ir a visitarla todos los días.

LOLA: Ya habrá alguna solución para que no viva sola.

EMILY: No te preocupes más.

SUSY: Además a tu abuelito no le gustaría que estuvieras triste y preocupado.

JOSE: Amo mucho a mi abuelita y no quiero que este sola, ni que le vaya a suceder algo.

LOLA: Tu amor por tu abuelita se parece al amor de Rut por Noemí.

SUSY: ¿Quiénes son ellas?

JOSE:No conozco a nadie con esos nombres.

EMILY:Creo que leí su historia en la Biblia.

SUSY:Cuéntala para que José se sienta mejor.

LOLA:¿Quieren conocer esa historia tan llena de amor?

JOSE:Bien, como quieran. (Suspira).

EMILY:¿Lo hacemos juntas Lola?

LOLA:Está bien, yo empiezo… Noemí y su esposo Elimelec y sus dos hijos, fueron a vivir a los campos de Moab, pues en su ciudad había mucha hambre.

SUSY:¿Mucha hambre?

EMILY:No había comida.

LOLA:Entonces un día el esposo de Noemí murió, sus hijos se casaron con unas jóvenes Moabitas, que se llamaban Orfa y Rut; y vivieron ahí unos diez años. Pero un día sus hijos también murieron y quedaron solas.

JOSE:Que triste, como mi abuelita.

EMILY:Noemí escuchó que Dios había bendecido a su pueblo con comida y decidió regresar, así que empezó a caminar para volver a Judá.

LOLA:Noemí les dijo a las jóvenes que se regresaran con sus familias; no querían pero insistió; y así Orfa le dio un beso y llorando se fue con su familia, más Rut se quedó con ella.

JOSE:Que buena fue Rut al quedarse con Noemí, así no estaría sola como mi abuelita.

SUSY:Es que Rut amaba mucho a Noemí.

EMILY:Al llegar Noemí y Rut a Belén de Judea, no tenían nada, así que Rut trabajaba mucho para que las dos tuvieran que comer y todo lo que necesitaban.

JOSE:¿Rut cuidaba de Noemí?

EMILY:Si porque Noemí ya era anciana.

LOLA:Booz el dueño del campo donde trabajaba Rut, escuchó lo buena que era con Noemí, y cuando la conoció mandó que la ayudarán y Booz empezó a querer a Rut.

EMILY:Hasta que un día se casaron y tuvieron su primer hijo que llamaron Obed.

LOLA:Y todas las mujeres le decían a Noemí; alabado sea Jeh ová, que hizo que no te faltara nada porque Rut tu nuera que te ama tanto, estará contigo siempre.

SUSY:Así tu abuelita no estará sola.

JOSE:Está historia me dio la solución perfecta.

EMILY:¿Cuál es esa solución?

JOSE:Que mi abuelita viva con nosotros.

LOLA:Es una buena solución.

EMILY:Así la podrán cuidar.

JOSE:Y no estará sola y lejos, podré darle todo mi amor, muchos besos y abrazos.

SUSY:Parece que te sientes mejor.

JOSE:Si, gracias a esta historia comprendí que el amor es más fuerte que la tristeza y que siempre hay solución para todo.

LOLA:El amor lo puede todo.

JOSE:Otro día las veo chicas, voy a ir a hablar con mamá.

EMILY:Está bien, otro día jugamos.

JOSE:Le pediré que vayamos por mi abuelita.

TODAS:¡Adiós José!

JOSE:¡Adiós chicas!, gracias por la historia de Rut y Noemí.

(Salen).

DERRIBANDO GIGANTES.

Personajes:Susy, Lola, Emily, Brabucón.

(Entra Susy y detrás Emily)
EMILY:Espérame Susy!, espérame.
SUSY:Eres tu Emily, pensé que era mi hermano.
EMILY:Pero, ¿a dónde vas con tanta prisa?, ¿y esa caja es tuya?, que bonita.
SUSY:No, es de mi hermano, y sólo es bonita por fuera, porque por dentro hay cosas muy feas.
EMILY:Entonces, ¿por qué la tienes tu?, si tu hermano se entera, sí que tendrás problemas.
SUSY:Lo sé, es que quiero ayudarlo, pero no sé cómo.
EMILY:¿Ayudarlo?, pero, ¿a qué?, no entiendo.
SUSY:Mira (se la muestra), él guarda cosas que no son buenas en ésta caja.
EMILY:(Se asoma). Son video juegos, pero que feos, ¡Santo Dios!, y tiene cigarros y una navaja.
SUSY:Ahora entiendes, por eso quiero ayudarlo, creo que todas esas cosas lo hacen ser grosero con mi papá y mamá y….
EMILY:Y siempre se está burlando de todos, es mentiroso, dice malas palabras, abusa de los más chicos, golpea, da patadas y hasta a ti te molesta que eres su hermana. Lo siento creo que hable mucho.
SUSY:Ya lo sé, pero lo peor es que ahora se está juntando con un niño que usa drogas y roba.
EMILY:¿Qué dices?
SUSY:Mi hermano tiene muchos problemas gigantescos.

(Entra Lola)

LOLA:¿Quién tiene problemas gigantescos?.
LAS DOS:¡¡¡¡Aaaaaaaaaaaa!!!! (Gritan).
EMILY:Que susto Lola.
SUSY:Por un momento pensé que era mi hermano.
LOLA:Tranquilas soy yo, ¿ pero quién tiene problemas gigantescos?
EMILY:Brabucón, ¡como siempre!
LOLA:Pero, ¿por qué?, ¿qué le sucede ahora?
EMILY:¿Qué no te das cuenta de todo lo que hace, dice y como es Lola.
LOLA:Si lo sé.

SUSY:Mira Lola (muestra la caja), por estas cosas mi hermano es como es.

EMILY:Yeso no es todo.

LOLA:¿Hay más?

SUSY:Ahora tiene un amigo que usa drogas.

EMILY:Y roba.

LOLA:Sí que son problemas muy gigantescos.

SUSY:Quiero ayudarlo, pero no sé cómo.

LOLA:Creo que todos tenemos problemas gigantescos, no solo él.

SUSY:¿Yo?, ¡no puede ser!

EMILY:¿Nosotras?

SUSY:Pero, ¿cómo?, no entiendo si yo me porto bien.

LOLA:Todos siempre estamos acusando a tu hermano con tus padres y…..

EMILY:Los maestros, con Don Pepe, con todos.

LOLA:Si Emily, jamás lo escuchamos y quizás por eso es así, no sé.

EMILY:Pero él dice malas palabras y yo no.

LOLA:Pero a veces dices mentiras y eso te pone en problemas.

EMILY:Es verdad, porque cuando las digo, y me descubren, me regañan y no puedo salir a jugar.

SUSY:Es cierto Lola, yo prefiero alejarme de él porque me enoja como es y todo lo que hace mal, en vez de platicar con él.

LOLA:Pues el enojo es un gigante que no te deja pensar bien, para actuar bien.

SUSY:Entonces, ¿todos los niños tenemos gigantes que nos ponen en problemas?

LOLA:Pienso que sí.

EMILY:Pero somos niños, deberíamos ser felices siempre.

LOLA:Podemos ser felices venciendo a los gigantes que traen tristezas a nuestras vidas.

SUSY:¿Cómo cuales gigantes tenemos los niños?

LOLA:Bueno…., por ejemplo, a mi me pasa que cuando mis papas pelean, creo que es por mi culpa y me siento triste.

EMILY:Es decir que tú gigante, ¿es la culpa?

LOLA:Creo que sí, eso es.

SUSY:Yo conocí a una niña que nadie la quería y siempre estaba sola.

EMILY:Su gigante es la soledad.

LOLA:Hay muchos gigantes que no nos dejan ser felices.

SUSY:¿Cómo cuales?

LOLA:Como robar, estar triste, enojado, sólo, criticar a los demás, ser egoísta y …..

EMILY:Desobedecer, mentir, decir malas palabras y …..

LOLA:Muchos, muchos más, saben todo esto de los problemas gigantescos, me recuerda la batalla entre el pueblo de Israel y los Filisteos.

EMILY:¡Ah sí, sí!, cuando David venció al gigante Goliat.

LOLA:Creo que podemos aprender de esta historia.

SUSY:Pero como, ¿qué?

LOLA:Susy, recuerden que David era un niño como nosotros.

EMILY:Cierto.

LOLA:Y el siempre confiaba en Dios, le alababa y obedecía.

SUSY:¿Entonces nosotros los niños debemos aprender a confiar en Dios y alabarlo y obedecerlo?

LOLA:Esas son unas de las cosas que podemos aprender de su historia.

EMILY:David también obedecía a su papá cuando lo mandaba a cuidar a su rebaño, y lo hacía muy bien; porque cuando venía un león o un oso y quería comerse una cabrita, David luchaba con ellos y los mataba.

SUSY:Que valiente era, yo hubiera corrido a esconderme.

LOLA:Si lo era, porque cuando Goliat venía a la línea de combate, nadie del pueblo de Israel se atrevía a enfrentarlo.

EMILY:Le tenían miedo porque era más grande que ellos y fuerte.

LOLA:Pero un día el papá de David le ordenó llevara comida a sus hermanos que estaban en el campo de batalla y viera como se encontraban, si no les había sucedido nada; David al estar ahí se entero de lo que estaba sucediendo y el quiso enfrentar a Goliat, más sus hermanos no creían que podía pues era muy pequeño y jamás había ido a la guerra.

SUSY:A veces los hermanos mayores piensan que nosotros los más pequeños no podemos hacer cosas.

LOLA:Pero aun cuando sus hermanos no creían en él, David no tuvo miedo y le dijo al rey que él lo haría; aunque el gigante Goliat tenía una gran ventaja sobre David.

SUSY:¿Una gran ventaja?

LOLA:Si porque Goliat era mucho más grande, y era un hombre de guerra, un soldado con mucha fuerza.

EMILY:Y David era solo un niño, ¿verdad Lola?

LOLA:Si lo era, cuando David fue hasta la línea de combate frente al gigante, él se burlaba de David, pero Goliat no se daba cuenta que al pelear contra David, también lo haría contra Dios.

SUSY:Porque Dios estaba con él.

EMILY:Si por eso David gano, y lo venció, ¡¡uurrraaaa!!. (Grita emocionada).

LOLA:Así es, David sabía que no estaría solo enfrentando al gigante Goliat; y así nosotras debemos saber que no estamos solas para enfrentar a los gigantes que nos lastiman.

SUSY:También Dios está con todos los niños ahora mismo, ¿verdad?

LOLA:Si, no debemos tener miedo, ni escuchar cuando alguien nos diga que no podemos cambiar, o hacer cosas y vencer algún problema.

EMILY:Cierto, no debemos darnos por vencidos; así como David lo derribo en el nombre de Jehová de los ejércitos, nosotros igual podemos derribar a nuestros gigantes y ayudar a otros niños a que derriben sus gigantes.

SUSY:¡Ah!, ahora entiendo, los gigantes son el enemigo que nos ataca para que no seamos felices y tengamos muchos problemas.

EMILY:Y las piedras y la onda fueron las armas de David.

SUSY:Entonces tengo que aventarle piedras al amigo de mi hermano y así….

LAS DOS:Nooooooooo. (Gritan).

EMILY:No Susy, no, nuestras armas son la oración, leer la Biblia, confiar en Dios y obedecer.

LOLA:Con la ayuda de Dios, podemos siempre derribar a los gigantes.

SUSY:¡Ah!, ya entiendo, ahora sé cómo puedo ayudar a mi hermano, voy a orar por él y a……

EMILY:¿Quieres que te ayudemos?

LOLA:Los amigos deben ayudarse.

SUSY:¡Claro que sí!, entonces primero vamos a buscar a mi hermano, quiero decirle que él no está solo.

EMILY:Chicas, no olviden que vamos a acampar en el jardín de mi casa.

SUSY:Pues vamos rápido a buscarlo.

LOLA:Pero, ¿dónde podrá estar tu hermano?

EMILY:Vamos al parque, de seguro está ahí.

SUSY:Bien, vamos

EMILY:Dense prisa.

SUSY:Corre Lola.

LOLA:Espérenme.

(Salen corriendo).

Este diálogo va unido al de la tormenta, se pueden hacer juntos).

LA TORMENTA.
(EL MIEDO).

Personajes:Susy, Lola, Emily, Brabucón.

(Entra Brabucón hablando solo, escenario el parque).

BRABUCON:Que solo está el parque hoy, como yo, ¡pero qué importa!…., bueno, a veces si quisiera tener amigos… verdaderos amigos como mi hermana Susy, que me quieran y me acepten como soy, (suspira).

(Entran Susy, Lola, Emily).

LOLA:Sé esta nublando.

EMILY:Hay que darnos prisa.

SUSY:Miren, ahí está mi hermano, solo, no está su amigo.

EMILY:Vamos.

SUSY:Hola hermano.

BRABUCON :¡Ay no!, las niñitas, ¿qué quieren? (Contesta un poco grosero).

SUSY:Nada, solo quiero decirte que te quiero mucho y que cuentas conmigo para todo lo que necesites.

LAS DOS:También con nosotras.

BRABUCON:Yo no necesito ayuda de nadie.

EMILY:Pues creemos que sí.

SUSY:Sé que te vas a enojar, bueno, ten. (Da una caja).

BRABUCON:¡Mi caja!, pero, ¿tú viste?

LOLA:Si lo vimos.

BRABUCON:¿Ustedes, también vieron?

EMILY:Como se atrevieron a espiar mis cosas.

SUSY:La encontré tirada afuera de la casa, y como está muy bonita la agarre y abrí, perdóname, sé que no debí hacerlo.

EMILY:También sabemos que tu nuevo amigo usa drogas.

SUSY:Y roba.

BRABUCON:Pero yo no.

LOLA:Que bueno, pero aun así debes tener mucho cuidado al elegir a tus amigos.

EMILY:Porque un día puede convencerte de hacerlo.

SUSY:Y eso sería muy triste para mí.

BRABUCON:¿En verdad?, ¿estarías triste por mí?

SUSY:¡Claro que sí!, eres mi hermano, te quiero mucho y no me gustaría que te sucediera algo malo.

BRABUCON:Nunca pensé que diría esto, pero saben, tienen razón, mi amigo me dijo que lo esperara aquí en el parque, que iba a traer un poco de droga para que la probara, que no me pasaría nada.

TODAS :¡¡Que !!.

EMILY:Ahora si tiene un problema gigantesco.

BRABUCON:Pero no lo hice, tranquila… le hable y le dije que no lo haría y ya no quiso ser mi amigo, y por eso estoy aquí solo pensando en mi vida.

SUSY:Bien dicho.

LOLA:Los verdaderos amigos no te dan drogas.

EMILY:Ni te obligan hacer cosas que tú no quieres hacer, te respetan. (Empieza hacer viento, hacen algún efecto).

EMILY:Démonos prisa, ya empezó hacer viento.

LOLA:Las nubes se están oscureciendo, va a llover.

BRABUCON:Mejor vámonos. (Dice con miedo).

SUSY:Que viento tan fuerte.

EMILY:Vámonos a mi casa. (Corren).

BRABUCON:¡Apúrate Emily!, abre la puerta.

LOLA:Entren de prisa.

SUSY:Cierra la puerta, rápido, rápido.

BRABUCON:Que oscuro se puso.

LOLA:Solo está nublado.

SUSY:Que viento tan fuerte.

LOLA:Más bien parece una tormenta. (Simula asomarse por una ventana).

EMILY:Me da algo de miedo.

BRABUCON:A mí también.

LOLA:No deben tener miedo, Jesús está con nosotros.

BRABUCON:Pero no deja de dar miedo, y si se va la luz, más oscuro se pondrá. (Dice con miedo).

SUSY:Estamos a salvo aquí adentro hermano, no nos pasara nada.

LOLA:Tranquilos, solo es agua y viento…. los amigos de Jesús sí que pasaron un gran susto.

EMILY:¿Cómo?

BRABUCON:¿Cuándo?

SUSY:¿Dónde?

LOLA:Mientras para la lluvia, les contaré una historia de la Biblia.

TODOS:Sí hazlo, hazlo.

LOLA:Un día cuando llegó la noche, Jesús les dijo a sus amigos que irían al otro lado del mar, así que desataron el barco.

BRABUCON:¿Existían los barcos en aquel entonces?

LOLA:Si, así que subieron y se despidieron de toda la gente que estaba ahí y empezaron a navegar.

EMILY:¡Qué emoción!

LOLA:Viendo Jesús que todo estaba tranquilo, bajo a dormir; sus amigos estaban felices navegando, pero de repente (Hacen sonido de truenos y lluvia).

LOS TRES:¡¡¡aaaaaahhh!!! (Gritan).

LOLA:Sé levanto una gran tormenta, tan grande que las olas cubrían la barca, se asustaron tanto, tenían mucho miedo.

EMILY Y BRABUCON:¡Como nosotros!

LOLA:Pues creían que podían morir ahogados.

SUSY:¿Y qué hicieron Lola?

LOLA:Corrieron a buscar a Jesús, lo despertaron y asustados le gritaban: ¡Señor, sálvanos que perecemos, sálvanos!

BRABUCON:Sí que nos salve.

LOLA:Entonces Jesús les dice: ¿Por qué tienen miedo?, ¿hombres de poca fe?

BRABUCON:¿Y los ayudó?

LOLA:Sí, Jesús se levanto y reprendió a los vientos y a la mar, y todo volvió a la calma, los amigos de Jesús estaban maravillados por lo que hizo Jesús por ellos y decían unos a otros: que hombre es éste que aun los vientos y el mar le obedecen. Todo estaba en calma y siguieron navegando felices hasta llegar al otro lado del mar.

SUSY: Gran susto se llevaron los amigos de Jesús.

EMILY:Igual que yo.

BRABUCON:Y yo.

LOLA:Así es, pero cuando clamaron a Jesús, El estuvo ahí para ayudarlos, porque El es poderoso y calmo al viento y a la lluvia.

SUSY:Y sus amigos ya no tuvieron miedo.

EMILY:Es verdad, no debemos tener miedo, sino confiar y estar seguros que Jesús siempre nos cuida porque nos ama.

SUSY:Si algo nos hace tener miedo, solo le pedimos a Jesús que nos ayude a vencerlos.

EMILY:Y lo hará.

LOLA:Jesús con su poder puede hacer cualquier cosa, como echar fuera el miedo.

BRABUCON:Ya no hace viento. (Simula asomarse por la ventana).

SUSY:También paro de llover.

EMILY:Miren un arcoíris.

SUSY:Que bonito, lleno de muchos colores.

LOLA:Entonces ya podemos acampar.

SUSY:¿Quieres quedarte con nosotras hermano?

BRABUCON:No, no, mejor me voy a la casa antes de que vuelva a llover.

EMILY:Oye Brabucón, ¿no que tú no tienes miedo a nada?

SUSY:¿Ni qué necesitas ayuda de nadie?

BRABUCON:Bueno, solo las tormentas me dan mucho miedo, y ahora veo que si necesite ayuda, gracias, y ya me voy antes de que empiece a llover. (Sale rápido).

EMILY:Vamos a mi cuarto por las cosas, mi papá me prestó tres linternas.

SUSY:Que emocionante será navegar.

EMILY:Pero aun más emocionante fue cuando Jesús con Su poder calmo la lluvia y el viento.

LOLA:Lo fue, y Jesús aun vive, y con Su poder hace cosas maravillosas.

SUSY:Le pediré a Jesús que ayude a mi hermano.

EMILY:Tengo chocolates, ¿quién quiere?

LAS DOS:Yo.

(Salen).

LAS PRINCESAS.

(La reina Ester).

Personajes: Emily, Lola, Susy.

(Entran Lola y Susy hablando).
LOLA: Que aburrida estoy.
SUSY: También yo, vamos por Emily para jugar.
LOLA: Fue a visitar a sus abuelitos.
SUSY: Por lo menos ellas están haciendo algo.
LOLA: Si, sus abuelitos son muy divertidos.
SUSY: Espero que regrese pronto para jugar las tres.

(Entra Emily con una corona).
EMILY: Chicas, miren lo que me dio mi abuelita.
LOLA: Que bonita esta.
SUSY: ¿Es de verdad?
EMILY: Sí, mi abuelita fue la reina de su escuela.
LOLA: Parece nueva.
EMILY: Mi abuelita la cuidaba mucho y me dijo que lo hiciera también yo.
SUSY: ¡Chicas!, si jugamos a las princesas.
EMILY: Mejor que yo era una reina malvada.
LOLA: ¿Por qué quieres ser mala?
EMILY: Para tener el poder y control del reino.
LOLA: Pero no necesitas ser mala.
SUSY: Mejor que éramos princesas y vivíamos en un palacio hermoso.
EMILY: No, yo soy la reina y ustedes eran mis princesa y me tienen que obedecer.
SUSY: No, yo soy la reina y ustedes las princesas, dame la corona.
EMILY: Es mía, así que yo seré la reina.
LOLA: No peleen, las dos pueden ser reinas.
EMILY: Sólo tiene que ser una.
LOLA: Eso es cierto.

EMILY:Ves Susy, entonces soy yo.

LOLA:No todas las reinas son malas.

EMILY:Pero yo quiero mandar y conquistar el corazón de un rey de algún palacio lejano.

LOLA:Ester no era mala, todos la obedecieron y conquistó el corazón de un rey.

SUSY:¿Ester fue una reina?, …. pero, ¿quién fue Ester?

LOLA:Si, su historia está en la Biblia.

EMILY:Tú sabes la historia.

LOLA:Quieren que se las platique.

SUSY:¡Hazlo!, ¡hazlo!

LOLA:En la cuidad de Susa, vivía el rey Asuero y su reina Vasti, un día hizo una fiesta e invito a muchas personas importantes de aquella ciudad. Y mando llamar a la reina para presentarla delante de todos y vieran lo hermosa que era; pero la reina Vasti no quiso ir, desobedeció al rey. Entonces un hombre llamado Memucán le dijo al rey tenía que hacer algo al respecto, pues al enterarse todas las mujeres de la desobediencia de la reina, harían lo mismo con sus maridos. El rey estuvo de acuerdo y conforme a las leyes hizo una carta que decía: Vasti no venga más delante del rey Asuero. Además, le dijeron: el rey haga reina a otra mejor que Vasti.

EMILY:Pero tú dijiste que se llamaba Ester.

LOLA:Espera un momento; después hizo otras cartas y las envió a todas las ciudades para que llevarán a todas las doncellas al palacio, que las prepararan y el rey escogería a la nueva reina. Ester era una joven judía muy hermosa, y al verla el rey quedó maravillado con ella y la hizo reina.

SUSU:¿En verdad era muy hermosa?

LOLA:Sí que lo era. Todo era muy tranquilo, hasta que un hombre muy malo quiso matar a los judíos, solo porque el tío de Ester Mardoqueo no quiso inclinarse ante él, pero él no sabía que Ester también era judía, pero Mardoqueo descubrió el plan del hombre y se lo dijo a Ester. Entonces Ester pidió a todos los judíos y aun a sus doncellas que iban a orar y ayunar por tres días antes de que ella se presentara ante el rey.

EMILY:¿Y obedecieron a Ester?

LOLA:Todos lo hicieron, entonces Ester hizo fiesta para el rey e invitó al hombre malo, y ahí lo descubrió.

SUSY:¿Y qué hizo el rey?

LOLA:Sé enojo mucho por lo que ordenó su muerte. Y Ester, su tío, su familia y todos los judíos estaban felices y agradecidos con la reina Ester por defenderlos.

EMILY:Fue muy valiente.

LOLA:Lo fue, pues en aquel tiempo nadie podía ir ante el rey si él no los llamaba.

SUSY:¿Qué le sucedía?

LOLA:Los mataban.

EMILY:¡Qué horror!

LOLA:Pero como la reina Ester obedecía a Dios y había conquistado el corazón del rey Asuero, no le hicieron nada.

SUSY:Que bonita historia.

LOLA:Ella no sólo era hermosa, también fue valiente y amaba a su familia y pueblo, y ella sabía que Dios estaba con ella en todo momento.

EMILY:Y todos confiaban en ella.

LOLA:No necesitas ser una reina malvada.

SUSY:Es verdad.

EMILY:Podemos ser reinas las dos Susy.

LOLA:Mejor somos princesas las tres.

SUSY:Esta bien.

EMILY:Seamos princesas.

(Salen).

VEN, SUBE AL ARCA DE SALVACION.

Personajes:Noé, esposa, hijos, narrador, tres personas, animales.

LLAMADO DE NOE.

(Se abre telón, aparece Noé construyendo el arca).

NOE:Habrá una inundación y no quieren creer, en cuanto termine el arca sucederá (suspira), aunque creo que ya hay una, por todos lados está inundado de maldad, los pensamientos del corazón del hombre es de continuo solamente el mal; Dios al verlos ha entristecido, tuvo que tomar la decisión de destruir todo con una gran inundación; pero como el amor de Dios es tan grande, les dio la última oportunidad, aun así no quieren escucharme…..

(Entran las tres personas).

PERSONA UNO:¡Oye Noé, estás loco, para que construyes eso tan grande!

PERSONA DOS:Aquí no llueve.

PERSONA TRES:¿Dónde la harás flotar?

NOE:No estoy loco, dejen el mal, arrepiéntanse y vuelvan a Dios, antes de que sea demasiado tarde.

PERSONA DOS:Aquí es seco, jamás ha llovido.

NOE:Pero Dios va a inundar la tierra, El abrirá las ventanas de los cielos y hará llover por cuarenta días y cuarenta noches; arrepiéntanse, y alcanzarán salvación; no quedará nada, todo esto es verdad.

PERSONA UNO:Estas loco, tal vez lo soñaste.

NOE:No, no, Dios me llamó a construir esta arca para salvación de todos.

(Salen las personas burlándose y Noé sigue construyendo el arca).

NARRADOR:Noé agradaba a Dios en medio del pecado que lo rodeaba, junto a su esposa e hijos, siempre fieles, creyendo en la promesa y llamado de Dios; obedeciendo a sus mandatos y construyendo un arca.

NOE:¡Hemos terminado!

HIJO:¿Ahora qué haremos padre?

NOE:Esperar a que suban los animales, como Dios dijo que los apartara de dos, conforme a sus especies.

(Entran las tres personas).

PERSONA DOS:Aun crees que va a llover.

NOE:Dios lo dijo y así va a suceder.

PERSONA UNO:Sí que estás loco.

PERSONA TRES:Ya la terminaste, ven vamos a festejar y esperamos que llueva.

NOE:En verdad les digo, crean, escuchen no estoy loco, va a llover y todo se inundará, ésta arca es la única salvación, arrepiéntanse de sus caminos y vengan, suban al arca de salvación, tu salvación, porque nada quedará vivo, sólo quien suba al arca, vengan.

PERSONA UNO:En verdad que estás loco.

(Salen burlándose, Noé se dirige a ellos y luego al público).

NOE:¡Esperen, aun hay tiempo, quedan siete días más, no se vayan! (dice triste). Esta arca es la única salvación, Dios me lo dijo; El quiere que se arrepientan; si salvará a los animales, con más razón a ustedes, solo hay que dejar los malos caminos, arrepentirse, creer y aceptar la salvación y........(los animales empiezan a entrar); ¡miren, los animales vienen!.

(Entran los animales y las tres personas con ellos).

PERSONA TRES:¡Que les sucede a los animales!

PERSONA UNO:¿Vas a guardarlos?

PERSONA DOS:Estás muy loco.

NOE:Vienen solos, escuchando la voz de Dios, y aun así no quieren ustedes obedecer y creerle a Dios.

(Los animales suben al arca cantando, se cierra la puerta, todos gritan y hacen alboroto).

SE CIERRA TELON.

SE ABRE TELON.

ESPERANZA, PACIENCA Y FE.

CHANGO:¿Quién cerró la puerta?

OSO:Yo no fui.

TOPO:Tampoco yo.

(Todos hablan entre ellos).

LEON:No hagan alboroto, pongan atención que nos acomodarán por sección, ¡ya vienen los humanos, cálmense!

(Entra Noé e hijo y los acomodan en diferentes lugares).

NOE:Dios ha cerrado la puerta, contra eso nada puedo hacer, ya no hay oportunidad; bien veamos, hay que acomodarlos, antes de que empiece la lluvia, veamos, hijo llévate a éstos para aquel lado, estos otros para acá y éstas aves arriba.

(Salen y hablan los animales).

PATO:¿Ahora qué vamos hacer aquí?

CHANGO:¿Qué pasará con nosotros?

TOPO:Yo tengo miedo.

OSO:¿A dónde vamos a ir?

CHANGO:¿Cuánto tiempo estaremos aquí?

ELEFANTE:Será que viviremos aquí.

PATO:¿Tu por qué te subiste? (se dirige al elefante).

ELEFANTE:Estaba comiendo y de pronto escuché una voz que me guío hasta aquí.

OSO:También la escuché.

CHANGO:Igual yo.

(Todos comentan entre ellos).

OSO:Pero, para que subimos a esto tan grande.

LEON:Porque va a llover.

CHANGO:¿Llover?, jamás ha llovido.

PATO:Cierto, jamás.

LEON:El humano lo dijo.

CHANGO:Tal vez se equivocó, y en vez de agua, será tierra, es lo único que hay aquí. (Se ríe).

(Todos se ríen y hablan entre ellos).

CHANGO:Ese humano sí que está loco.

LEON:¡¡Basta!! (Con voz fuerte dice a todos). Es verdad lo que dice el humano, aunque parezca imposible va a llover, puedo sentirlo. (Voz suave).

CHANGO:¡Vaya!, se está volviendo loco también como el humano.

LEON:Dejen de estar haciendo tanto alboroto y confiemos en el.

OSO:Tienes razón, confiemos en él.

TOPO:Por algo estamos aquí.

PATO:Pero, ¿para qué?

ELEFANTE:O, ¿por qué?

LEON:Todos morirán.

(Todos se asustan).

LEON:¡Calma!, hemos sido elegidos para salvar a nuestras especies, así que todos tranquilos y esperemos.

NARRADOR:Todos estuvieron tranquilos los seis días siguientes, pero al séptimo día empezó a llover tan fuerte que el agua empezó subir rápidamente y el arca empezó a elevarse hasta flotar. Murió todo ser que vivía, desde el hombre hasta la bestia, los reptiles, aves del cielo; y quedo solamente Noé y los que con él estaban en el arca. Llovió durante cuarenta días y cuarenta noches; todos estaban asustados, afuera se escuchaba a la gente gritar desesperados; dentro en el arca Noé, su familia y animales no sabían lo que sucedía.

NOE:No tengan miedo, empezó el diluvio, confiemos en Dios, es nuestra única esperanza, esperemos con fe y paciencia en El.

(Hablan los animales).

CHANGO:En verdad está lloviendo.
OSO:Que es todo ese ruido.
TOPO:Nos movemos.
LEON:Tranquilos, estaremos bien, los humanos nos cuidarán.
NARRADOR:Todo se tranquilizó; solo de día y de noche se escuchaba la lluvia, estuvieron en armonía, con paciencia, fe y esperanza todo el tiempo; hasta que Dios hizo pasar un viento y disminuyeron las aguas hasta que el arca se detuvo en los montes Ararát, y Noé abrió la ventana.
(Todos se mueven al detenerse el arca).
HIJO:Nos hemos detenido.
NOE:Ha parado la lluvia, (camina hacia la paloma), ven paloma, ve, vuela y trae noticias, necesitamos una señal.

NARRADOR:La paloma voló y regreso a los días.

NOE:Descansa, en unos días volverás a ir.
(Todos los animales se acercaron a la paloma).
LEON:¿Qué hay afuera?
PATO:Dinos, que viste.
PALOMA:Solo hay agua y más agua.
ELEFANTE:¡Yo no sé nadar, estoy pesado, me podré ahogar! (Dice preocupado).
TOPO:¿Sólo agua?
CHANGO:Arboles, viste árboles.

NARRADOR:Todos le hacían muchas preguntas, y así algo anciosos por saber que sucedería con todos, a los días Noé vuelve a llevar a la paloma hasta la ventana y le dice.

NOE:Ven hermosa paloma, ve vuela, busca donde pararte.

NARRADOR:Noé todos los días se asomaba por la ventana esperando ver regresar a la paloma; todos esperaban ansiosos por su regreso. De pronto un día Noé ve a lo lejos venir a la paloma.

NOE:Ahí viene, ven paloma, traes una hoja descansa, unos días más volverás a ir.

NARRADOR:Los animales festejaban su regreso y pasando unos días más. Noé vuelve a llevar a la paloma a la ventana.

NOE:Ven paloma, ve, vuela, dame otra señal.

NARRADOR:La paloma voló, pasaron los días y las noches, y no regreso mas; Noé entendía que algo bueno pasaba, más los animales pensaban que algo le había sucedido. (Todos tristes).

SE CIERRA TELÓN

SE ABRE TELÓN

PACTO DE DIOS CON LA HUMANIDAD

NOE:Dios me ha hablado de nuevo, ya podemos salir no hay más agua.
(Se abre puerta, los animales salen cantando y hablando).
ELEFANTE:¡Al fin pisare tierra!, me daré un baño de lodo, ya lo necesito.
CHANGO:Me colgaré de muchos árboles.
PATO:Que rico huele la hierba, mmmm.
LEON:Me siento libre, a correr.
(Salen del escenario).
NOE:Hagamos un altar y demos gracias a Dios por haber estado con nosotros en el arca de salvación.

NARRADOR Dios de nuevo se agrado de Noé y su familia, e hizo pacto poniendo un arco en el cielo (aparece arcoíris).

HIJO:¡Miren!, ¿qué es eso padre?

NOE:Es el pacto que Dios ha hecho con nosotros y la humanidad, siempre que aparezca su señal en las nubes, lo verá y se acordará de su pacto y no más destruirá la tierra con lluvia. (Diluvios).

Estemos siempre agradecidos por haber subido al arca de salvación.

(Todos manos arriba, se cierra telón; todos suben al arca y se abre el telón).

SE CIERRA TELÓN

UNA CARTA ESPECIAL.

Personajes:José, Lola, Susy, Emily, Brabucón.

(Entran José, Lola, Susy).
JOSE:Debemos hacer algo por Emily para que ya no este triste.
SUSY:Pero, ¿qué podemos hacer?
LOLA:A ella le gusta la nieve y los dulces.
JOSE:Cierto, le gustan mucho.
SUSY:Podemos invitarla a la tienda de Don Pancho a comer nieve.
LOLA:Buena idea.
SUSY:Vamos por ella a su casa.
JOSE:Esperen, ahí viene.
(Entra Emily triste).
LOS TRES:Hola chicos, ¿qué hacen?
LOLA:Estamos por ir a la tienda de Don Pancho.
SUSY:Te invitamos a comer nieve.
EMILY:Gracias, pero ahorita no tengo deseos de comer nieve.
JOSE:Vamos Emily, a ti te gusta mucho.
LOLA:Anímate, no nos gusta verte así.
JOSE:Extrañamos tu alegría.
LOLA:No te preocupes, pronto encontrarás tu carta.
SUSY:Tal vez este en tu casa.
EMILY:No está, ya la busque en toda la casa, estoy segura que la olvide en el parque.
JOSE:Y en el carro de tu papá.
LOLA:Cierto, ¿buscaste ahí?
EMILY:También busque, y no está.
LOLA:Si ya buscaste en tu casa y en el carro de tu papá, tal vez y tengas razón y si este en el parque.
EMILY:Estoy segura.
SUSY:¿Por qué estas tan segura?
EMILY:Porque ese día que llegó, habíamos ido al parque, se las iba a enseñar cuando llegó tu hermano grandulón.
LOS TRES:¡Brabucón!

EMILY:Como sea, empezó a molestarnos y nos fuimos corriendo, cuando llegue a casa, ya no la tenía.

LOLA:Si, si, ahora recuerdo, dijiste que tu primo Lucas te envió una carta, por cierto, es algo grande.

EMILY:¡Chicos!, no vayan a la tienda de Don Pancho, mejor vamos al parque a buscarla.

LOLA:Solo que hay un problemita.

JOSE:Dirás problemón.

EMILY:Ya sé, ya sé, de seguro esta Brabucón.

JOSE:Así que olvídate de ir por ahora.

EMILY:Pero, tal vez no este, vamos a buscar mi carta.

JOSE:¿Y si está?

LOLA:¿Estás segura de ir?

EMILY:Lo estoy, que dicen chicos, vamos si, vamos.

SUSY:Chicos, como sé que mi hermano siempre esta molestándonos, puedo ir yo y ver si por ahí esta tu carta.

JOSE:Esa es muy buena idea.

EMILY:¿Harías eso por mi?

SUSY:¡Claro que sí!, tal vez mi hermano la vio por ahí tirada, yo la busco.

LOLA:Está bien, tu vas al parque y nosotros a la tienda de Don Pancho y ahí te esperamos.

SUSY:Esta bien, no tardo.

(Sale Susy por un lado; y los tres empiezan a caminar y se detienen).

EMILY:¡Esperen, esperen!, tengo una mejor idea.

JOSE:Creo que ya está volviendo la Emily de siempre.

EMILY:Vamos con Susy, tal vez su hermano la molesta y la deja buscar mi carta.

JOSE:Es su hermana.

EMILY:El molesta a todos, hasta a su hermana.

JOSE:Además pensará que no confías en ella.

EMILY:La seguimos sin que se dé cuenta.

LOLA:Esta bien, yo te acompaño ¿y tu José?

JOSE:Creo que es mala idea, pero está bien, vamos.

(Salen hablando, Brabucón entra y luego Susy).

BRABUCON:¡Ah!, que tranquilidad, todo el parque para mi solito.

SUSY:Hola hermanito, ¿qué haces aquí tan solo?

BRABUCON:Se acabo mi tranquilidad.

SUSY:Por casualidad no has visto una carta, algo grande.

BRABUCON:¿Una carta?

SUSY:Si, ¿la has visto?

BRABUCON:No, no he visto nada.

SUSY:¿Estás seguro?

BRABUCON:Lo estoy, y deja de molestar, has interrumpido mi tranquilidad.

SUSY:Está bien, ya me voy, ya me voy, solo que si la vez, me lo dices; es de Emily y esta triste.

BRABUCON:Por una carta esta triste, tu amiguita boba…. (Se recarga en árbol y cae la carta en su cabeza).

SUSY:No seas grosero.

BRABUCON:¡Ay!, que es esto, ¡auoch!, mi cabeza.

SUSY:Es la carta de Emily, como llego al árbol.

BRABUCON:¡¡Ah!!, la carta de tu amiguita, olvide que la escondí ahí….

SUSY:¿Tú la tenias Brabucón?, digo Tommy.

BRABUCON:Si, la escondí el otro día que la dejo aquí, ¿por qué?

SUSY:Porque eso no se hace, no es tuya, debiste devolverla.

BRABUCON:Y como se la daba sino ha venido al parque.

SUSY:Bien, iré por ella y tú mismo se la entregarás.

(Sale Susy y Brabucón voltea a ambos lados)

BRABUCON:Que tendrá adentro, y si la abro, pero si se da cuenta que la abrí, ¡ba!, que importa la abriré, veamos porque tanto alboroto….. pero que es esto, hojas de colores y dibujitos, que dice aquí. Hola prima, estoy feliz de enviarte esta carta, que te ayudará a saber más de Jesús. Feliz por esta carta que no tiene nada, ¡ba!, que chico tan raro.

(Entran todos).

SUSY:Hermanito, aquí esta Emily.

EMILY:Mi carta, la encontraste, gracias Brabucón, digo Tommy.

BRABUCON:Bueno si, ten, mira es algo extraña.

SUSY:Abriste la carta, ¡ay hermanito!

EMILY:Tienes razón, solo son dibujos.

JOSE:Déjame ver.

SUSY:A mí también.

LOLA:No es tan extraña, el maestro de la escuela Dominical tiene una igual, no lo recuerdan.

TODOS:No.

LOLA:Se las explicaré; el color negro significa pecado y esta barda dibujada nos separa de Dios.

BRABUCON:Pero, ¿qué es pecado?

JOSE:Todo lo que no le gusta a Dios, como pelear, desobedecer, mentir y muchas cosas más.

EMILY:Pecado, es todo lo mal que nos portamos o decimos con palabras feas y groseras.

LOLA:Pero Dios hizo un plan.

BRABUCON:Como un proyecto.

LOLA:Algo así, ven esta cruz en el color rojo, significa que Jesús murió en la cruz para perdonar nuestros pecados, el rojo es Su sangre.

BRABUCON: ¿El hizo eso por mí?

SUSY:Así es hermanito.

JOSE:Y por todo el mundo.

EMILY:¿Y el color blanco?

LOLA:Significa que Jesús nos limpia, ha quitado toda mancha negra de nuestro corazón y mente

BRABUCON:¿El puede hacer eso?

LOLA:Si, y aun mas; el verde significa vida, ven estas flores creciendo.

EMILY:Pero ya tenemos vida.

LOLA:Me refiero a una vida nueva, las flores significan que nacen de nuevo y crecemos bajo el cuidado de Jesús, ahora El vive en nuestro corazón y mente, y nos ayuda cada día a ser mejores hijos.

SUSY:Y hermanos.

JOSE:Amigos.

BRABUCON:Bueno, bueno, ¿y el amarillo?

LOLA:El amarillo significa que Jesús preparó un reino para todos los que lo aman.

JOSE:¡AH!, como un castillo de oro.

BRABUCON:¿El construyó un castillo?, ¿y para qué?, ¿en dónde?

LOLA:Para un día ir a vivir con El por siempre.

SUSY:Entonces en el reino de Dios todo brilla, genial.

JOSE:Esto no es una carta, más bien es un libro sin palabras.

EMILY:Si eso es, gracias Brabucón por encontrarla.

BRABUCON:La verdad es… bueno, yo la escondí, ¿me perdonas?

TODOS:¡¡Cómo!!

EMILY:Claro que si, te perdono.

BRABUCON:¿No estás enojada?

EMILY:No, Jesús me perdonó a mí, también lo hago yo, bien chicos ahora si quiero comer nieve.

LOLA:Entonces vamos todos a la tienda de Don Pancho.

SUSY:¿Vienes hermanito?

BRABUCON:No, yo voy a la casa mejor, luego los veo, adiós. (Sale pensando).

JOSE:Por un momento pensé que pelearía como siempre.

LOLA:El libro sin palabras lo puso a pensar.

SUSY:Parece que sí, para que no peleara, algo paso en él.

JOSE:Yo voy a portarme bien siempre.

EMILY:Yo ya no voy a decir mentiras.

SUSY:Quiero crecer así de hermosa como las flores.

LOLA:Cuida bien el libro sin palabras, para enseñarles de Jesús a los niños que no lo conocen.

EMILY:Sí le diré a mamá que lo guarde muy bien…. (Sale corriendo y grita), el último que llegue con Don Pancho paga las nieves.

JOSE:Ahora si es Emily.

(Salen corriendo y gritando a Emily).

TODOS:¡Espéranos!

EL SALVADOR QUE DIOS ENVIO.

Personajes:Lola, Emily, Susy.

(Entran Emily y Lola, cada una por un lado).
LOLA:Hola Emily.
EMILY:Fui a buscarte a tu casa.
LOLA:Y yo a tu casa.
(Las dos se ríen y abrazan).
LOLA:¿Y a dónde vas?
EMILY:Voy a casa de José, haber si ya regreso de casa de sus abuelitos.
LOLA:Te acompaño.
EMILY:Si vamos, ya quiero ver que le regalaron en navidad.
(Entra Susy triste).
LOLA:Emily, ¿solo por eso quieres ir?, pensé que extrañabas a nuestro amigo.
EMILY:Si, si lo he extrañado…, mira es Susy.
LOLA:Parece estar triste, vamos a ver que le sucede.
(Caminan con ella).
LOLA:Hola Susy.
SUSY:Hola, (solloza).
EMILY:¿Pero qué te sucede?
SUSY:Me siento muy triste.
LOLA:¿Pero por qué?
SUSY:Porque mis papás ya no me quieren, nadie me quiere.
EMILY:Bueno, es que eres muy, muy….
LOLA:¡¡Emily!!
EMILY:Muy especial.
LOLA:Te regañaron por algo, y tal vez por eso piensas que no te quieren.
EMILY:Eso creo yo cuando me regañan, pero sé que si me quieren.
LOLA:Entonces tu hermano te hizo algo.
SUSY:No, no, es que no me regalaron nada, ni un solo juguete.

LAS DOS:¡¡Nada!!

SUSY:No, y una navidad sin regalos, no es navidad.

EMILY:Tienes razón, lo bueno que me regalaron la bicicleta, gracias a Dios.

LOLA:Pero chicas, la navidad no son los regalos, ¿qué no lo saben?

SUSY:¿Entonces qué es?

(Aparece una estrella).

EMILY:¡¡¡Uaoh!!!! Miren.

SUSY:Que hermosa.

LOLA:Como la estrella que apareció cuando nació Jesús.

EMILY:Me gusta como brillan las estrellas.

SUSY:¿Apareció una estrella?

LOLA:Si, hace muchos años, en Belén de Judea, cuando José y María fueron.

SUSY:Pero que no vivían en Galilea.

LOLA:Si pero tuvieron que ir a Belén por orden del rey Herodes.

EMILY:Creo que no sabes bien la historia del nacimiento de Jesús, ¿verdad?

SUSY:Bueno, la verdad, no muy bien.

LOLA:Quieres que te la contemos.

EMILY:Así ya no estarás triste.

SUSY:Si esa historia me haría sentirme mejor, si quiero.

EMILY:¡¡Yo empiezo, yo empiezo!!

LOLA:Está bien, empieza.

EMILY:Hace muchos años un ángel llamado Gabriel fue enviado por Dios a hablar con una joven llamada María.

SUSY:¿Un ángel vino a la tierra, y hablo con ella?

EMILY:Sí, y le dijo que no tuviera miedo porque Dios la amaba mucho y que ella tendría un hijo al que tenía que llamar Jesús; y María le pregunto cómo sería eso.

LOLA:Entonces el ángel le dice; que el Espíritu Santo vendría sobre ella y el poder del Altísimo la cubriría con Su sombra y el hijo que naciera sería llamado hijo de Dios,

y el ángel se fue.

SUSY:¿Y después que sucedió?

EMILY:Paso que cuando se casaron José sabía que María ya había concebido.

SUSY:¿Conce qué?

EMILY:Bueno, que estaba embarazada.

SUSY:¡Ah eso!

LOLA:José no quería hablar mal de María, así que quiso dejarla en secreto.

EMILY:Y un día que se quedo dormido pensando en cómo hacerlo, un ángel se le apareció.

SUSY:¿También un ángel vino hablar con él?

EMILY:No vino, se le apareció en un sueño y le dijo que no tuviera miedo de recibir a María porque el hijo que estaba en ella es del Espíritu Santo y lo llamarían Jesús, porque El salvaría a su pueblo de sus pecados.

LOLA:Y cuando nació Jesús, José y María hicieron como el ángel les dijo.

SUSY:¿Cómo se llamaba el hospital donde nació Jesús?

LOLA:En aquel tiempo no existían.

SUSY:¿Entonces nació en su casa?

EMILY:Tampoco.

SUSY:¿Entonces en dónde?

LOLA:José y María tuvieron que ir a Belén de Judea porque el rey Herodes ordenó que todos fueran a anotarse, cada uno a su ciudad.

SUSY:¿Viajaron en carro o en avión?

EMILY:No, no, no existían, solo había camellos, burros o caballos.

SUSY:¿Entonces ellos fueron en?

EMILY:Supongo que en un burro.

SUSY:Pobre María, ¿en un burro?

LOLA:Cuando llegaron a Belén se llego el día para que Jesús naciera, y José busco y busco un mesón pero….

SUSY:¿Qué es un mesón?

EMILY:Es como un hotel; pero como no había ningún lugar para ellos en el mesón, Jesús nació en un pesebre y María lo envolvió en pañal y lo acostó.

SUSY:¿Es decir que nació en un establo?, lleno de animales y bacterias, y sin ¡ropita!, que triste.

LOLA:No Susy, no fue triste, sus papas estaban felices por tenerlo.

SUSY:Pero entonces regresaron rápido a su casa.

EMILY:No aun no, tenían que descansar, además en el campo cercano había pastores que velaban y cuidaban de noche su rebaño.

LOLA:Y a ellos de pronto se les apareció un ángel del Señor.

SUSY:¿Otro ángel?

LOLA:Sí y los rodeo de un resplandor y ellos tuvieron miedo.

EMILY:Susy un resplandor es una luz, antes de que preguntes.

SUSY:Eso si sabía.

LOLA:Pero les dijo: no teman porque les doy nuevas de gran gozo, que sea para todo el pueblo, hoy ha nacido un Salvador, que es Cristo el Señor, y esta es la señal, hallaran al niño envuelto en pañales, acostado en un pesebre.

EMILY:Y de pronto aparecieron muchos ángeles que alababan a Dios y decían.

LAS DOS:¡Gloria a Dios en las alturas, en la tierra paz de buena voluntad para con los hombres!

SUSY:Que bonito se ha de ver escuchado.

LOLA:Luego los pastores se dijeron unos a otros, vamos a Belén y veamos lo que ha sucedido, y al llegar hallaron a María y José, y al niño acostado en un pesebre y al verlo todos estaban felices.

SUSY:Que emoción haber visto a Jesús de bebé, ¿y se quedaron ahí los pastores?

LOLA:No, ellos regresaron a su ciudad glorificando y alabando a Dios y diciendo todo lo que habían oído y visto.

SUSY:¿Pero no le llevaron algún regalo?

EMILY:Ellos no, pero los magos sí.

SUSY:¡Entonces si existen los reyes magos!, que idea tan genial me han dado.

LOLA:¿Cual idea, de qué hablas?

SUSY:Bueno, si en navidad no me regalaron nada, pues los tres reyes magos sí, he escuchado que existen se llaman Melchor, Gaspar y Baltasar.

EMILY:No Susy, ellos no existen, bueno si pero no.

LOLA:Lo que quiere decir Emily es que si existieron, pero la Biblia dice que eran magos, pero no dice como se llamaban ni cuántos eran.

SUSY:Tampoco me darán regalos.

EMILY:Ay Susy, como crees eso, los magos no traen regalos a los niños.

SUSY:Tienes razón, es que me emocione, pero bueno, ¿y a los magos también se les apareció un ángel?

LOLA:No, a ellos los guío una estrella que vieron en el oriente, la cual iba delante de ellos guiándolos y al ir llegando se detuvo sobre donde estaba el niño y al verla se gozaron.

SUSY:¿Era así de hermosa cómo esta estrella?

EMILY:Tal vez o más.

SUSY:¿Qué le llevaron los magos?

LOLA:Ellos al entrar vieron al niño con su madre y postrándose lo adoraron y abriendo sus tesoros le ofrecieron presentes.

SUSY:Le regalaron zapatitos, ropita y….

LOLA:Le dieron oro, incienso y mirra.

SUSY:Tampoco le dieron un juguetito, como una sonajita o algo así.

EMILY:No, pero sabes, Jesús si te dio un regalo a ti.

SUSY:¿A mí?, ¿me dio un regalo?, pero.

LOLA:El te da el regalo más grande para tu vida.

SUSY:Pero no lo veo.

EMILY:Es el regalo de la salvación, por eso El nació, para dar salvación al mundo de sus pecados.

LOLA:Si lo aceptas, podrás empezar el año nuevo teniendo una vida eterna.

SUSY:Entonces Jesús me da ese regalo de la salvación aunque me haya portado mal a veces.

EMILY:Si te lo da.

SUSY:Nunca nadie me había dado un regalo así.

LOLA:Es que solo Jesús puede darlo, por eso nació, ¿tú quieres aceptar ese regalo?

EMILY:El te ama mucho y todo este año te lo había estado dando, es tuyo.

LOLA:Nunca es tarde para aceptarlo, aun faltan unas cuantas horas para que termine este año y empiece el nuevo.

SUSY:Si lo quiero, y porque no me había dado cuenta de ese regalo.

LOLA:Porque solo te importaban otras cosas, como los juguetes, pero hay cosas más importantes.

EMILY:Como tener a tu familia contigo.

LOLA:Y saber que te aman.

EMILY:Aunque no te den juguetes en navidad.

SUSY:Tienen razón. (Suspira).

LOLA:Entonces ya no estás triste.

SUSY:No, porque ahora sé que la navidad no son regalos, sino el nacimiento de Jesús para salvarnos de nuestros pecados.

EMILY:¡¡Qué bien eeeh!! (Abraza a Susy).

LOLA:Bueno, bueno, ya vámonos porque hace frio.

EMILY:Vamos a casa de José.

SUSY:Yo voy con ustedes, le diré que Jesús me dio el más grande regalo, que feliz estoy.

(Salen).

JESUS VIVE!

Personajes:Lola, Emily, Susy.

(Entra Lola, se sienta y habla sola).

LOLA:(Suspira). ¡Qué tranquilidad!, me gusta mucho este parque, que hermosa estuvo la clase de hoy en la escuela Dominical, pero más hermoso es saber que ¡Jesús vive!, y que vive en mi corazón; siento que amo a todo el mundo…. (Se dirige al público); y todas esas personas, que es lo que traen, ¿qué van hacer?…. y qué extraño, no veo a mis amigos, ¿dónde estarán?, (Simula ver hacia lo lejos), creo que son Emily y Susy aquellas niñas que vienen.

(Entran Emily y Susy).

SUSY:¡Espera Emily espera!, ¿a dónde vas con tanta prisa? (Habla cansada).

EMILY:A la tienda de Don Pancho, voy a comprar una canasta.

LOLA:Hola chicas.

LAS DOS:Hola Lola.

EMILY:¡Miren!, como hay gente ya, me van a ganar todos los dulces.

LOLA:Ha estado llegando mucha gente, pero, ¿quién te va a ganar los dulces?

SUSY:¿De qué estás hablando?

EMILY:¿No lo saben? hoy esconden huevitos de colores con dulces y todos esos niños me van a ganar todos. (Al público).

SUSY:¿Huevitos con dulces?

EMILY:Sí y voy a llenar mi canasta con muchos dulces, mmmm deliciosos, ¿quieren ayudarme?

SUSY:¿Pero no tengo canasta?

EMILY:Bueno, si me ayudan a llenar la canasta comparto unos dulces con ustedes.

LOLA:¡¡Pero chicas!!

SUSY:¿Y dónde vamos a buscar?

EMILY:¡Ay Susy!, pues en los árboles, entre las flores, en la tierra, donde sea.

LOLA:¡¡Chicas!!

SUSY:¡Ay no!, puedo lastimarme y llenarme de bacterias, no Emily, no te ayudo.

EMILY:Si te ensucias te bañas, ¿me ayudas?, así llenaremos más rápido y les ganaremos a los niños.

SUSY:Esta bien, pero yo detengo la canasta y ustedes buscan.

EMILY:Está bien, pero tendrás menos dulces.

SUSY:Pero… pero…., yo sostendré la canasta y va a pesar mucho.

LOLA:Yo no voy ayudarte.

EMILY:¡Lola!, bueno entonces tu fíjate donde esconden los huevitos, nosotras vamos rápido a comprar la canasta.

LOLA:No, esperen.

SUSY:¿Qué sucede Lola?

LOLA:¿No recuerdan la clase de hoy, todo lo que nos enseño el maestro?

SUSY:Bueno…, dijo que Jesús quiere vivir en nuestros corazones, algo así.

EMILY:Y también dijo…., no, no recuerdo.

LOLA:¿No pusieron atención?

SUSY:Yo sí, pero lo olvide.

EMILY:La verdad…., yo no, es que estaba pensando donde podrían esconder los dulces.

LOLA:No puedo creerlo, chicas enseño de la resurrección de Jesús.

EMILY:¿Resu, resu, resu qué?

SUSY:Que palabra tan difícil.

LOLA:Pero fácil de entenderla.

EMILY:¿Tu si pusiste atención?

LOLA:¡Por supuesto que sí!

SUSY:Entonces dinos que quiere decir esa palabra, resu no se qué.

EMILY:Otro día porque nos ganan los dulces.

SUSY:No, no, dinos ahora, yo quiero recordar y saber.

EMILY:Esta bien, pero ¡rápido, rápido!

LOLA:La clase se trato de todo lo que hizo Jesús, porque El fue conocido en todo el mundo, en Jerusalén,El predicó a miles de personas, curo ciegos, cojos, paralíticos y enfermos de toda clase.

SUSY:Es como un doctor.

EMILY:¡Claro Susy!, sino, ¿cómo los iba a sanar?

SUSY:Pero los doctores a veces no pueden sanar a las personas.

LOLA:Pero Jesús sí, porque El es misericordioso y poderoso para hacerlo.

EMILY:Pero sigue Lola.

LOLA:A Jesús, todos lo querían mucho, bueno casi todos, la verdad es que algunas personas importantes no lo querían, tenían envidia, no aceptaban sus palabras y se enojaron con El.

SUSY:Envidiosos.

EMILY:¡Sch!

LOLA:Jesús, a veces decía a sus amigos los discípulos; miren que tengo que sufrir mucho y me mataran…., pero en tres días resucitaré.

SUSY:Que quiere decir resu, resuci….

EMILY:¡Resucitaré!, guarda silencio para que termine pronto.

SUSY:¡Ah!, resurrección.

LOLA:Todas las familias del pueblo de Israel se reunían para comer y convivir recordando como Dios los había liberado de la esclavitud de Egipto, y le daban….

SUSY:¡Pobrecitos!, porque son esclavos, ¿y los niños?.

EMILY:¡Susy!, que no escuchas que Jesús ya los había liberado, los rescato de esa cuidad horrible.

SUSY:¿Y qué hicieron?

LOLA:Le daban gracias a Dios por esa libertad y Jesús junto a sus amigos había celebrado muchas veces la pascua.

SUSY:¡Espera!, ¿la pascua no son los huevitos de colores con dulces?

LOLA:No, ni tiene que ver con la resurrección de Jesús.

EMILY:¿Ni la coneja?

LOLA:No tampoco.

SUSY:Tan bonitas las conejitas de peluche.

EMILY:Susy silencio, ya llegaron más niños, van a encontrar todos los dulces, date prisa Lola.

SUSY:Sigue, que sucedió después.

LOLA:Un día, Jesús ceno con sus amigos y en la fiesta de la pascua lo arrestaron y lo entregaron a Pilato.

SUSY:¿A Pilato?

LOLA:Era el gobernador, pero él se dio cuenta que Jesús era inocente de todo lo que se le acusaba, pero no quería quedar mal con los sacerdotes, ya no sabía qué hacer, así que pregunto al pueblo, ¿qué hago con el que llaman Rey de los Judíos?

SUSY:¿Y quién fue el rey de los Judíos?

EMILY:¡Oh mi Dios!, pues Jesús.

LOLA:El pueblo engañado por los sacerdotes, empezaron a gritar ¡crucifícalo!, ¡crucifícalo!

SUSY:Sentí feo.

LOLA:Así que los soldados se lo llevaron, le pusieron una corona de espinas, lo golpearon, lo escupieron y a pesar de todo ese dolor, Jesús no se defendió ni se quejo, entonces pusieron una grande y pesada cruz en su espalda y…..

SUSY:¡Oh no!, ¿cómo pudo cargarla, pobrecito y nadie le ayudo?

EMILY:¡¡Susy, Jesús es fuerte, muy fuerte!! (Pone sus manos en la cabeza).

LOLA:Y valiente, luego lo llevaron a un monte y lo crucificaron, algunos lloraban y otros se burlaban, le gritaban, anda sálvate Tu mismo y bájate de la cruz!.

SUSY:Que triste, que personas tan malas, porque le hicieron tanto daño y mataron.

EMILY:¿Por qué no se defendió?, si es poderoso; yo les hubiera pegado, le hubiera ayudado.

SUSY:Pero Jesús está muerto. (Llora).

LOLA:¡No Susy, tranquilízate!, Jesús pudo defenderse, pero no lo hizo pues nos ama mucho y no está muerto, El resucitó a los tres días como lo dijo.

SUSY:¡No está muerto!

EMILY:¡No, El resucitó!

SUSY:Pero que significa resu, resuci….

EMILY:¡Resucitó!, como hablas, shc.

LOLA:Quiere decir volver a la vida.

SUSY:Entonces ¡Jesús está vivo!, ¿y se quedo con sus amigos para siempre?

LOLA:No Susy, Jesús después de estar uno días con sus amigos, todos fueron muy contentos a un monte, y ahí se elevo al cielo, pero así como se fue, volverá un día por nosotros, por eso debemos portarnos bien y sobre todo....

SUSY:Ya no quiero buscar huevitos de colores Emily.

EMILY:Ni yo, no compraré la canasta.

SUSY:Jesús sufrió mucho en esa cruz, por personas tan malas.

LOLA:Es verdad, pero lo hizo para darnos salvación, vida eterna y un día El vendrá por nosotros para llevarnos con El al cielo por siempre, ¡El está vivo, El resucitó!

SUSY:¿Pero cómo voy al cielo con El?

LOLA:Aceptando ese sacrificio que hizo por nosotros al morir en la cruz, pedirle perdón por nuestros pecados e invitarlo a vivir en nuestro corazón.

EMILY:¿Jesús vive en tu corazón Lola?

LOLA:Sí, yo lo invite a mi corazón porque quiero ir al cielo y vivir con El para siempre.

SUSY:También quiero que Jesús viva en mi corazón.

EMILY:Yo también.

LOLA:Entonces ya saben lo que tienen que hacer.

EMILY:Vamos a buscar a José para decirle que Jesús resucitó y que también lo puede invitar a su corazón.

SUSY:Y a mi hermano también.

EMILY:No, Brabucón es muy grosero.

LOLA:¿Por qué?, Jesús lo puede cambiar.

EMILY:Está bien, pero primero vamos a la tienda de Don Pancho a comprar dulces.

LAS DOS:¿Dulces?

EMILY:Bueno, algo para comer juntos y darle gracias a Jesús por regalarnos la salvación y la vida eterna.

SUSY:Que bonito que alguien te ama mucho.

LOLA:Vamos con José.

SUSY:¡Jesús vive!, Jesús resucitó!

EMILY:Primero con Don Pancho.

LAS DOS:¡Emily!

(Salen)

LA REGLA DE ORO.

Personajes: Emily, Lola, Susy, José.

(Entra Susy molesta).

SUSY: No es justo, Emily no me deja jugar con la pelota, solo porque es de ella.

(Entra Lola y José).

LOLA: Al fin te encontramos, te hemos buscado por todas partes.

SUSY: ¡Para que me buscan! (Molesta).

LOLA: ¡Susy!, porque estas molesta.

JOSE: ¿Si qué te sucede?

SUSY: Emily no quiere jugar conmigo, es muy egoísta, no me presta su pelota.

JOSE: Tienes razón, a mi no me prestó su bicicleta.

LOLA: Es verdad, a mi no me dejo usar sus colores nuevos.

SUSY: ¡Es muy egoísta!, y eso no es bueno.

LOLA: No, no lo es.

JOSE: No la entiendo, si yo siempre comparto mis cosas con ella.

LOLA: También lo hago yo.

SUSY: Deberíamos darle una lección para que aprenda a compartir sus cosas.

JOSE: Pero que hacemos para que se dé cuenta de su egoísmo.

LOLA: Tengo una idea.

SUSY: ¿Cuál?

LOLA: Hay que usar la regla de oro.

SUSY: ¿La regla de oro?

JOSE: ¿Y qué es?

LOLA: ¿No lo saben?

JOSE: ¿Es la regla que usamos en la escuela?

SUSY: Le vamos a pegar con la regla, no entiendo, ¿para qué una regla?

LOLA: No chicos, es la regla de Dios que dice: y como quieras que hagan los demás contigo, así también hacer ustedes con ellos.

JOSE: ¿Quiere decir que debemos ser con Emily como ella es con nosotros?

LOLA: Bueno, no debemos ser egoístas, pero seremos como ella por un momento.

SUSY: Así entenderá que ser egoísta no es agradable a Dios y nos lastima.

JOSE: Es buena idea.

SUSY:¿Pero qué haremos?

LOLA:Cuando venga juagaremos con ella sin prestarle nada de nuestras cosas.

JOSE:Sí, yo no le prestare mi patineta.

LOLA:En mi mochila traigo mi pelota.

SUSY:Yo tengo mi cuerda nueva para brincar.

(Entra Emily con una pelota).

EMILY:Hola chicos, ¿qué hacen?

LOS TRES:Hola Emily.

SUSY:Vamos a jugar.

LOLA:Traigo mi pelota para jugar baloncesto.

EMILY:Que bien, a mi me gusta, ¿puedo jugar contigo?

LOLA:Pero con mi pelota no.

EMILY:¿Por qué no?

LOLA:Porque no quiero, además tú tienes tu pelota.

SUSY:Mi mamá me compro esta cuerda para brincar.

LOLA:Que bonita esta Susy, ¿brincamos?

SUSY:Sí, tu primero.

EMILY :Es verdad, que bonita esta, ¿también puedo brincar después de Lola?

SUSY:No puedes porque no quiero usarla mucho, es nueva.

EMILY:Ustedes están muy extrañas conmigo.

LOLA:Te lo parece.

EMILY:Si, pero José si me va a dejar usar su patineta, ¿verdad José?.

JOSE:Bueno, la verdad no lo creo.

EMILY:¡¿No?!

JOSE:No Emily.

EMILY:Pero, ¿por qué no?

JOSE:Porque…, le acabo de poner llantas nuevas y bueno…., tu sabes.

EMILY:No, no lo sé, ni tampoco sé porque están siendo egoístas conmigo.

SUSY:¿Egoistas?, ¿nosotros?

EMILY:Lo están siendo porque no me prestan nada de sus cosas.

LOLA:¿Y cómo te sientes?

EMILY:Muy mal, me siento muy mal, creo que ya no quieren ser mis amigos y ya no me quieren.

SUSY :Nosotros también nos hemos sentido así con tu egoísmo.

EMILY:¿Mi egoísmo?

LOLA:Por eso decidimos utilizar la regla de oro contigo.

EMILY:¿La regla de oro?

JOSE:Para que comprendas que no es bueno ser egoísta y menos con tus amigos.

SUSY:Tu no nos quieres prestar tus cosas y nosotros siempre compartimos todo contigo.

LOLA:Dios es sabio y por eso puso la regla de oro para que aprendamos a tratar a los demás como nos gustaría que lo hicieran con nosotros.

EMILY:Tienen razón, he sido egoísta con ustedes, ¿me perdonan?.

JOSE:Pues….

LOS TRES:¡¡Claro que si amiga!!

EMILY:Ya no seré egoísta, siempre recordaré la regla de oro.

SUSY:Entonces podemos jugar baloncesto con tu pelota.

EMILY:Pero le falta aire.

LOS TRES:¡¡Emily!!

EMILY:Es broma, vamos a jugar. (Salen).

UN AMIGO ESPECIAL.

Personajes: Lola, José, Emily.

(Voz de adentro habla Lola y entra apurada, del otro lado entra José, al mismo tiempo).

LOLA: ¡Oh Dios!, que tarde es, tendré que darme prisa si quiero llegar a tiempo.
(Entran)
LOLA: Hola José.
JOSE: Hola Lola.
LOLA: Que te sucede, te ves algo….
JOSE: (Interrumpe), aburrido, estoy aburrido, todo es lo mismo.
LOLA: Estas aburrido, pero, ¿por qué?, si hoy es Domingo y hay fiesta.
JOSE: Ay Lola, para ti siempre hay fiesta, sea Jueves, Miércoles o Domingo, no importa el día, ¿y no sé por qué?, no hay nada diferente todo es lo mismo, aburrido, aburrido, aburrido.
LOLA: No puedo creer lo que estás diciendo.
JOSE: Es verdad, todo es aburrido en el templo.
LOLA: Como va hacer aburrido si ahí es donde están nuestras familias, amigos y sobre todo……
JOSE: (Interrumpe), el aburrimiento.
LOLA: No José, ahí está nuestro amigo especial, bueno El está en todas partes.
JOSE: Dirás nuestra amiga Emily, si es especial y anda en todas partes con nosotros, pero ¡no exageres!
LOLA: No, no me refiero a ella….
(Entra Emily).
EMILY: ¿A quién no te refieres Lola?
LOLA: A ti Emily.
EMILY: ¿A mí?, ¿están hablando de mí?
JOSE: Sí.
LOLA: ¡Claro que no!, le estoy explicando a José que en el Templo esta nuestro amigo especial.
EMILY: ¡Ah bueno!, cierto y no solo ahí, Jesús está en todas partes.
JOSE: ¿Jesús, Jesús?, ¡ah el niño que siempre molesta a todos!
EMILY: No José, no.
LOLA: Jesús nuestro amigo especial, fiel, Dios todopoderoso y lleno de amor.
JOSE: Ah Dios, Jesús, si, es cierto.

LOLA:Jesús y yo tenemos una amistad especial ¿y tu José?

JOSE:Bueno si, es mi amigo, ustedes dicen que es de todos y……

LOLA:Y ahora entiendo porque te aburres.

EMILY:¿Estas aburrido?

JOSE:Es que todo es lo mismo.

EMILY:¿Lo mismo?, creo que también se porque te aburres.

JOSE:¡Ah sí!, según ustedes ¿por qué?

LOLA:Porque aun no le das tu amistad a Jesús, El es tu amigo, pero tu no.

EMILY:Como voy hacer su amigo, ¿si no lo veo?

LOLA:Como puedes ser amigo de Damián, si solo se escriben cartas, ¿y no lo has visto nunca?

JOSE:Es verdad, jamás nos hemos visto; pero…, díganme como le doy mi amistad a Jesús.

EMILY:Es muy fácil, solo invítalo a entra a tu corazón.

LOLA:Y pídele perdón por todas las veces que te has portado mal, y acepta el regalo de salvación que hizo por ti al morir en la cruz.

EMILY:Te imaginas sufrir todo ese dolor, solo porque nos ama y nos da su amistad.

JOSE:Tienen razón, El nos ama tanto, nos cuida, nos da todo Su amor.

LOLA:Nos da Su amistad que es muy especial.

JOSE:Saben, cuando me he enfermado, El me ha sanado, sí que es especial.

LOLA:Porque El no solo es especial sino poderoso y llena nuestra vida de paz, de alegría.

EMILY:No tenemos porque estar tristes, ni enojados y mucho menos aburridos, con El no nos falta nada, todo lo tenemos.

JOSE:Es verdad, yo tengo a mi familia, amigos, tengo ropa, juguetes, comida; me puedo mover, hablar; la amistad de Jesús es super especial.

EMILY:Pero ya vámonos porque es tarde.

LOLA:¡Oh no!, ya me acorde, José no va a ir porque esta aburrido.

EMILY:Cierto, todo es aburrido para ti.

JOSE:¡Pero chicas!

LAS DOS: Aburrido, aburrido, aburrido. (Se ríen).

JOSE:Ya no lo estoy, si quiero ir porque voy a decirle a Jesús que seamos amigos, así que dense prisa que llegamos tarde.

(Salen riéndose).

LA MENTIRA.

(LA TAREA).

Personajes: Lola, Emily, José, conciencia buena, conciencia mala. (Malón).

(Entra Emily).

EMILY: Hubiera ido con Lola y José a la biblioteca, pero no tengo ganas de hacer la tarea, (mira al piso), que es eso…, el cuaderno de Lola, que hace aquí tirado, ya terminó su tarea.

BUENA: Deberías entregárselo.

EMILY: Sé lo llevare, ¿pero quién me hablo?

BUEN: La voz de tu conciencia buena.

EMILY: ¿Mi conciencia?, y donde estas que no te veo.

BUENA: Hablo a tu mente; y a Lola le dará mucho gusto que hallas encontrado su cuaderno.

EMILY: Ahorita mismo se lo llevare.

(Empieza a caminar y entra Malón).

MALON: ¡No espera!

EMILY: ¡Que!, ¿quién me habla ahora?

MALON: Soy malón, la voz de tu conciencia mala.

EMILY: ¿Mi conciencia mala?, ¿también tengo una?

MALON: Sí, y yo que tú me quedaba con esa tarea.

EMILY: Pero no es mía.

MALON: Y qué, pero ya no tendrías que hacer tu tarea.

EMILY: Es verdad, ya no haría la tarea.

MALON: Lola puede hacerla de nuevo.

EMILY: Cierto, que la haga de nuevo.

MALON: Arranca las hojas y deja el cuaderno tirado, date prisa, alguien puede venir, tíralo atrás del arbusto, rápido.

(Entran José y Lola hablando).

LOLA: Creo que lo deje en la biblioteca.

JOSE: Tú lo traías cuando salimos.

EMILY: ¿Qué hacen chicos?

LOLA: Estoy buscando mi cuaderno, donde hice mi tarea.

JOSE:¿Lo has visto por ahí?

EMILY:No, no he visto nada.

LOLA:Voy a ir a la biblioteca, espero que ahí este.

JOSE:Te acompaño.

(Salen).

EMILY:Vaya, se ve preocupada, mejor le entrego su tarea.

MALON:Ya arrancaste las hojas.

EMILY:Pero ya arranque las hojas, y ahora que haré, no puedo pegarlas.

BUENA:Mentiste a tus amigos.

EMILY:Les mentí, dije que no lo había visto.

MALON:Decir mentiritas chiquitas de vez en cuando, no te pasará nada.

EMILY:Bueno, solo fue una mentirita chiquita; pero me siento mal.

MALON:Sí se las das tu amiga se enojará al ver que arrancaste las hojas; no le digas nada, total no sabe que si lo viste.

EMILY:Sí se las doy, se dará cuenta que arranque las hojas y se enojará conmigo, mejor las dejo donde las pueda ver y no digo nada.

BUENA :Emily, mentir solo complica las cosas, recuerda que la Biblia dice: no mentiras.

EMILY: No debo mentir, ni engañar a los demás, y Lola es mi amiga; es mejor que vaya a la biblioteca y entregue el cuaderno y las hojas, y diré la verdad.

BUENA:Decir siempre la verdad te hace sentir bien y los demás confiarán siempre en ti.

EMILY:Ya no escucharé a malón, y haré lo correcto.

MALON:Tenías que hablar, la Biblia dice: no mentir, ¡ba!, mejor me voy porque no soporto oír decir, la Biblia esto, la Biblia dice lo otro, ¡ba! me voy.

(Sale enojado, entran Lola y José).

JOSE:Que bueno, pudiste sacar otra copia de la computadora.

LOLA:Estuvo bien que lo haya guardado.

EMILY:¡Hola chicos!

LOLA:Encontraste mi cuaderno, gracias Emily.

EMILY:Es tu cuaderno y la verdad es que lo encontré tirado, pero les mentí, dije que no lo había visto, lo siento.

JOSE:¡Emily!, ¿por qué mentiste?

LOLA:¿Tú arrancaste las hojas?

EMILY:Sí lo hice, la verdad tenía tanta pereza de hacer mi tarea, y al ver que tu ya la habías terminado…., pensé quedarme con ella; lo siento Lola, ¿me perdonas?

LOLA:Te perdono amiga y por reconocer la mentira que dijiste, te doy esa tarea, ya tengo otra.

EMILY:Gracias Lola, eres una buena amiga, no volveré a mentir.

JOSE:Mentir es muy fácil, pero no es bueno hacerlo.

LOLA:Porque siempre se descubre la verdad.

JOSE:Y nadie volvería a creer ni confiar en ti.

EMILY:No olvidaré lo que dice la Biblia: no mentiras.

JOSE:¿Vamos a jugar chicas?

LOLA:Vamos.

EMILY:¿Ya hiciste tu tarea José?

JOSE:Ya la hice.

LOLA:¿Seguro?

JOSE:Bueno, me falta un poco.

EMILY:Recuerda que la Biblia dice: No mentiras.

JOSE:Está bien, lo siento.

LOLA:Es mejor decir siempre la verdad.

(Salen).

TUS TALENTOS.

Personajes: Lola, Emily, Susy, José, Maestro, Narrador.

NARRADOR:Después de la escuela Dominical, el maestro pide a los niños esperen.

MAESTRO:Niños, como saben tendremos nuestra fiesta, y pensé que podrían ayudar a organizarla, ¿quieren hacerlo?

TODOS:Sí, sí. (Se emocionan).

LOLA:¿Qué haremos maestro?

MAESTRO:Buena pregunta Lola, como saben Dios a todos nos da talentos…

EMILY:¿A los niños también?

MAESTRO:Sí, Jesús se los dio.

SUSY:Nosotros tenemos talentos.

MAESTRO:Ustedes tienen talentos Susy.

JOSE:¿Y cómo lo sabe maestro?

MAESTRO:Es muy fácil saberlo, porque veo lo que ustedes pueden hacer con mucha facilidad.

EMILY:¿Mi talento cual es maestro?

MAESTRO:A ti te gusta cantar y lo haces muy bien, siempre pasas a cantar para Jesús, así que pensé que tu puedes hacerte cargo de la música.

EMILY:Es verdad, me gusta mucho cantar para Jesús.

MAESTRO:A Lola y Susy les he visto esos dibujos que hacen, ustedes podrían decorar el lugar.

SUSY:Es verdad, a mi me gusta mucho dibujar.

LOLA:A mí también y siempre estamos haciendo cosas para Jesús.

MAESTRO:Y tu José, escucho cuando le hablas de Jesús a los niños que nos visitan, tú podrías invitar niños.

JOSE:No puedo evitar hablar de Jesús a otros niños.

MAESTRO:Ven, ustedes mismos ya sabían sus talentos; ahora a preparar todo.

EMILY:Está bien maestro.

LOLA:Vamos a preparar las cosas

SUSY:A mí también me gusta danzar para Jesús.

EMILY:Puedes preparar una danza para ese día.

(Salen hablando).

NARRADOR:Los niños fueron felices a prepararlo todo, y a los días….

(Entra Emily y Brabucón).
BRABUCON:Hola niñita, ¿a dónde vas tan de prisa?
EMILY:No soy niñita y si tengo mucha prisa.
BRABUCON:Pero, ¿a dónde vas?
EMILY:Voy a la tienda a comprar CD"s para preparar cantos para la fiesta que tendremos.
BRABUCON:Para que gastas tu dinero en eso, mejor compra unos video juegos y me invitas a
	jugar.
EMILY:No, Jesús me dio talentos y quiero servirle.
BRABUCON:Eso es aburrido, vamos a divertirnos, otro día haces eso.
EMILY:Prefiero hacerlo hoy, así que déjame pasar que tengo prisa.
BRABUCON:¡Aburrida!, ni que estuviera loco para gastar mi dinero en eso.
(Sale Emily, y entran Lola y Susy).
LOLA:Tenemos las pinturas y los papeles.
SUSY:También los globos, las invitaciones para José y……
(Brabucón las asusta y gritan)
LOLA:¡Aaaaaah! Que susto.
SUSY:Hay hermanito como te atreves, ¿no tienes algo mejor que hacer?
BRABUCON:La verdad no, ja ja ja, ¿qué están haciendo?
LOLA:Vamos a mi casa a hacer dibujos y adornos para la fiesta
BRABUCON:Otras que le sirven a Jesús.
SUSY:Claro hermanito, eso deberías hacer tu también.
LOLA:El nos dio talentos y vamos a servirle.
BRABUCON:¿Por qué les gusta hacer cosas aburridas?
LOLA:No es aburrido, al contrario usar los talentos que Jesús nos da, es maravilloso y aprendes
	muchas cosas.
SUSY:Así que ya no perdemos el tiempo contigo, vamos Lola.
BRABUCON:No se vayan, vamos hacer algo realmente divertido.
(Salen y entra José).
JOSE:A quien invitare primero, ya se, iré con el hijo de Don Pancho.
BRABUCON:Dijiste Don Pancho, mmm, yo voy contigo.
JOSE:En serio irías conmigo a invitarlo para la fiesta que……
BRABUCON: Que tendremos, tu también, ¡qué les pasa!
(José se asusta y empieza a tartamudear).
JOSE:Bubueno, tu dijijiste.
BRABUCON:Como crees que tu harás eso.
JOSE:Creo qque si, Je Jesús me di dio uun ta talento.
BRABUCON:¿Un talento, solo uno?
JOSE:Sí,¿ po porqué?
BRABUCON:Hace rato Emily, Lola y Susy me dijeron que Jesús les dio talentos.

JOSE:Ssi yya se.

BRABUCON:Que no te das cuenta, a ellas les dio muchos, a ti solo uno.

JOSE:Ciciertoto.

BRABUCON:Además, tú crees que podrás hablar de Jesús a otros niños, si no puedes hablar bien, ja ja, es gracioso oírte hablar así.

(José se desanima).

JOSE:Ti tienes razón.

BRABUCON:Claro amigo, olvídate de eso, no es para ti, deja que las chicas lo hagan, tu y yo vamos a divertirnos.

JOSE:Ssi vavamos, creo qque yo nno podre hacercerlo.

BRABUCON:Pues no, vamos a comprar dulces con Don Pancho e invitamos a su hijo a jugar con nosotros.

(Salen).

NARRADOR:Llegó el día de la fiesta, todo estaba listo, bueno casi todo.

(Entran maestro, Lola, Emily, Susy)

MAESTRO:Han visto a José.

LOLA:Yo no.

SUSY:Tampoco yo.

EMILY:Ahí viene y se ve algo triste.

MAESTRO:Que sucede José, ¿por qué estas triste?

JOSE:Verán, creo que yo no sirvo para hablar de Jesús a los demás.

TODAS:¡¡¡José!!!!

EMILY:¿Por qué dices eso?

SUSY:Siempre lo haces.

LOLA:Hasta te brillan los ojos cuando hablas de Jesús.

MAESTRO:José, Jesús te dio talentos para usarlos no para esconderlos.

JOSE:Lo siento, es que tuve miedo.

MAESTRO:José, Dios dice en su palabra que puede quitar tu talento y dárselo a los que si quieren servirle.

SUSY:¿Y ahora que haremos maestro?

LOLA:¿Qué haremos con todo?

EMILY:No vendrán niños.

MAESTRO:No se preocupen, si vendrán niños.

(Todos voltean al público).

SUSY:¡Miren chicos, cuántos niños hay!

EMILY:Entonces si tendremos la fiesta.

MAESTRO:Les dije que si vendrían, y estoy seguro que a todos esos niños Jesús también les dio talentos.

LOLA:Es verdad, todos tenemos talentos.

JOSE:Me permiten, quiero decir algo.

MAESTRO:Esté bien José, adelante puedes hablar.

JOSE:Quiero decirle a todos los niños que no deben tener miedo, ni vergüenza de usar su talento para servirle a Jesús, y no deben dejar que nadie los desanime.

EMILY:Muy bien dicho José, porque Jesús confía en nosotros los niños.

LOLA:Amiguitos si ya saben sus talentos, entonces a usarlos para Jesús.

SUSY:Pero sino lo saben, pídanle a Jesús que se los muestre.

TODOS:A servirle a Jesús nuestro amigo fiel.

MAESTRO:Que empiece la fiesta.

(Salen).

LA ORACION.

(UNA AMISTAD CON JESUS).

Personajes: Lola, Emily, Susy, colorín es un perro.

(Entran Lola y Emily hablando, colorín detrás de ellas).

EMILY: Espero que vengan muchos niños, será fantástico este campamento.

LOLA: Sí que lo será, mi papá me prestó su linterna y traje mi cobija favorita.

EMILY: Y también a colorín.

LOLA: Emily, como voy a traer a colorín al campamento…

EMILY: Viene detrás de nosotras.

(Voltean las dos).

LOLA: ¡Colorín!, tú no puedes venir, debes regresar a casa, ve, corre, corre…

EMILY: Date prisa que ya quiero llegar.

LOLA: Vé a casa colorín, vamos pequeño….., no, no quiero jugar, no, suelta mi cobija.

EMILY: Así jamás se irá a tu casa; déjame hacerlo yo…., ¡basta colorín, dame la cobija y ve a casa ahora!

(Sale colorín llorando).

LOLA: Te obedeció mejor a ti que a mí.

EMILY: Es que le hablas como si fuera un bebé.

LOLA: Es un cachorrito.

EMILY: Tienes que hablarle fuerte, con firmeza.

(Entra Susy).

LOLA: Pobrecito se fue asustado.

EMILY: Mira Lola, es la niña que se cambio al lado de mi casa.

LOLA: Sé ve triste, que le sucederá…. (Se acercan a Susy), hola, ¿estás bien?

SUSY: ¿Me hablas a mi?

EMILY: No hay nadie más, ¡claro que a ti!

LOLA: No seas grosera Emily, ¿por qué estas triste?

SUSY: Acabo de llegar a este vecindario y no conozco a nadie aquí, bueno ni donde vivía antes (suspira), estoy muy sola en este mundo tan enorme, nadie me ama.

EMILY: No puede ser que estés sola.

LOLA:Supongo que tienes familia.

SUSY:Pero como si no los tuviera, no les importo.

EMILY:Esta chica es bastante rara. (Dice al oído de Lola).

LOLA:¡Emily!, te va a oír. (Dice en voz baja).

SUSY:Tienes razón, no solo estoy sola, sino también soy rara.

LOLA:No, no digas eso, mira la familia es una de las cosas más hermosas que Dios hizo.

SUSY:La mía no tiene nada de hermosa.

EMILY:¿Por qué dices eso?

SUSY:Mí papá prefiere trabajar tanto que ya ni me acuerdo de su cara; mi mamá siempre está cansada y enojada, y mi hermano habla más con sus amigos que conmigo.

LOLA:Que pena lo que sucede en tu familia.

EMILY:Es una pena.

LOLA:Pero, alguna amiga en la escuela has de tener.

EMILY:Sé está haciendo tarde. (Dice al oído de Lola).

SUSY:Ninguna, pero anhelo con todo mi corazón tener aunque sea una amiga que este conmigo y me acepte como soy, que me ame, que juguemos y platiquemos.

LOLA:Nosotras podemos ser tus amigas, ¿si quieres?

EMILY:¡Claro que sí!, seremos tus amigas (empuja a Lola), pero nos disculpas, tenemos algo de prisa.

LOLA:No seas grosera, no le hagas caso, yo soy Lola y ella es Emily, tenemos muchos amigos que nos aman y amamos, en especial uno, el mejor amigo de todos.

SUSY:¿El mejor amigos de todos?

EMILY:El mejor.

SUSY:¿Y ustedes creen que también quiera ser mi amigo?

LOLA:Estoy segura, porque te ama mucho.

SUSY:Pero no me conoce.

LOLA:El si, te ve todos los días; además te ama tanto que puede cambiar a tu familia.

SUSY:¿Me ve todos los días?…. ¡ah!, mi maestro pero él…

LOLA:Bueno también le llaman Maestro, pero tu maestro de la escuela no, sino Jesús.

SUSY:¿Jesús?, no conozco a ningún Jesús.

EMILY:¡Ay niña! Dios.

SUSY:¿Dios?

LOLA:Sí, Jesús con su amor abrió un camino a una amistad con El, llena de amor.

SUSY:¿Está lejos ese camino?

LOLA:No.

SUSY:Entonces llévame con Jesús, vamos, vamos. (Camina).

LOLA:No, no, espera, no tenemos que ir, el está en todas partes y quiere estar en tu corazón también.

SUSY:¿Esta aquí?, ¿dónde?, no lo veo.

EMILY:No lo podemos ver, pero si sentir en nuestro corazón.

SUSY:¿Cómo va a entrar a mi corazón y como se lo pido?

LOLA:Pídeselo por medio de ese camino que es la oración.

SUSY:Todos los días lo hago diciendo el Padre nuestro.

LOLA:Esta bien decirlo, pero Jesús no quiere que repitamos las mismas palabras.

EMILY:Como un CD rayado, Padre nuestro que estás en los cielos, santificado sea Tu nombre, venga tu…. Bla, bla, bla.

LOLA:Jesús quiere que hablemos con El.

SUSY:¿Entonces el padre nuestro no sirve?

LOLA:¡Claro que sí!, solo es un ejemplo de cómo podemos orar y hablar con El.

SUSY:Es como tú y yo, que estamos platicando.

LOLA:Igual.

SUSY:Puedo decirle como me siento, lo que necesito, que ayude a mi familia.

LOLA:Sí porque Jesús siempre nos escucha con amor y paciencia a todos los que lo buscamos en oración.

EMILY:Una pregunta Lola.

LOLA:¿Cúal es?

EMILY:¿Ya podemos irnos al campamento?, quiero ayudar armar las casitas, quemar bombones en la fogata, y no me quiero perder el cuento de la maestra.

LOLA:¿La maestra va a contar un cuento?, entonces hay que darnos prisa.

SUSY:¿Van a un campamento?

LOLA:¿Quieres venir y conocer más de Jesús y también más amigos?

SUSY;Me encantaría, pero tengo que ir a pedir permiso a mi mamá.

LOLA:Te acompaño a tu casa.

EMILY:Bien, yo me voy al campamento y las espero allá, adiós. (Sale).

SUSY:¿En el campamento también está Jesús?

LOLA:Sí y ahí todos los niños platicamos con El, y cantamos, jugamos, hacemos muchas cosas divertidas y aprendemos.

SUSY:Ese camino de la oración parece ser muy bonito.

LOLA:Lo es porque la oración es la amistad con Jesús.

SUSY:¿Jesús puede cambiar a mi familia?

LOLA:Sí se lo pides en oración, El lo hará.

SUSY:¡Entonces vamos!, de prisa a casa con mamá.

(Salen de prisa).

MI AMIGO EL BOMBERO.

Personajes: Emily, José, Lola, Bombero, Don Pancho.

(Entran Emily y José jugando a los bomberos).
EMILY: Capitán, yo subiré al árbol por ese gatito.
JOSE: Está bien, pero tenga cuidado.

(Se escucha una explosión y se asustan).
LOS DOS:¡Aaaah!, (gritan y se abrazan).
JOSE: Que fue ese ruido.
EMILY: No lo sé.
JOSE: Vino de allá.
EMILY: No, creo que fue por allá.
(Entra Lola apresurada)
LOLA:¡¡Chicos, chicos!!, ¿qué hacen abrazados?
LOS DOS:Nada. (Sé separan).
JOSE: Es que nos asustamos con ese ruido, ¿lo escuchaste?
LOLA :Sí, cuando venia, ¡miren cuanto fuego, oh Dios¡
EMILY; Vamos a ver. (Caminan un poco, entran Don Pancho y bombero).
LOLA: ¡Oh no!, es la tienda de Don Pancho.
JOSE : ¡Uao!, que camión tan grande, y esa manguera, miren cuánta agua sale.
EMILY :Pobre Don Pancho, que pasaría para que se quemara su tienda.
LOLA:¿Y el dónde está?
JOSE:¿Y si esta dentro de la tienda?
LOLA: No, miren, allá esta y tiene una cobija.
EMILY: Los bomberos lo sacaron a tiempo, que bueno.
JOSE: Gracias a Dios.
LOLA: Los bomberos siempre arriesgan sus vidas por salvar a otras personas.
JOSE:A mi me dan un poco de miedo cuando los veo.
EMILY:A ti todo te da miedo.
LOLA: Que peligroso es su trabajo.
(Se acerca el bombero, José se asusta y se pone detrás de ellas).
EMILY: Ahí viene un bombero.

BOMBERO:¡Hola chicos!

TODOS: Hola Señor bombero.

BOMBERO:¿Por qué te escondes?, ¿acaso fuiste tú el causante de este incendio? (Dice jugando)

JOSE: No, no Señor.

EMILY: Lo que sucede es que le tiene miedo.

BRABUCON:¿Por qué?

JOSE: Bueno, pareces un monstruo saliendo de entre las llamas y eso asusta.

BOMBERO: Es necesario y muy importante ponerme toda esta ropa, botas y guantes, para protegerme del fuego, el casco protege mi cabeza y la mascarilla mi nariz y boca para no oler el humo; y así no pongo en peligro mi vida y puedo ayudar a las personas.

EMILY:Que valientes son, cuando yo sea grande quiero ser una bombera como usted.

LOLA:Gracias por venir ayudar a Don Pancho, el es nuestro amigo.

EMILY:Ustedes son amigos de la comunidad porque nos ayudan.

BOMBERO:¡Claro que sí!, siempre estamos preparados para cualquier emergencia.

JOSE:Creo que si eres amigo no tengo por qué tenerte miedo. (Se acerca).

BOMBERO:Somos amigos de la comunidad y también tuyo.

EMILY:¿Y mío también?

BOMBERO:Soy amigo de los tres.

EMILY:¡Qué bien!

JOSE:Tenemos un amigo bombero.

BOMBERO:Y como amigo les digo que jamás vayan a jugar con fuego.

LOS TRES:No, no lo haremos.

BOMBERO:Porque ponen en peligro su vida y la de los demás. (Pone casco a José). Y ahora es mejor que vayan a casa y no olviden.

LOS TRES:No debemos jugar con fuego.

BOMBERO:Muy bien chicos, adiós. (Sale por un lado).

LOS TRES:Adiós.

JOSE:Que bien, tengo un casco de verdad, soy el bombero José.

LOLA:Ya vámonos bombero José.

EMILY:Me lo prestas un ratito.

JOSE:Las niñas no son bomberos.

EMILY:Si podemos serlo, ¿verdad Lola?

LOLA:Los niños y las niñas podemos ser bomberos.

JOSE:Está bien, pero solo un ratito.

LOLA:Los amigos siempre comparten.

(Salen contentos).

EL DENTISTA.

(La muela de Emily).

Personajes: Lola, Emily, Señor Max.

Escrito por Jared Vargas y Fátima Reyes Guevara.

(Entra Emily con bolsa de dulces y Lola detrás de ella).

LOLA:Emily deja de comer tantos dulces.

EMILY:Me gustan mucho.

LOLA:Pero comer muchos dulces salen caries, además dijiste te duele la muela.

EMILY:Los como del otro lado.

LOLA:Lo bueno es que cepillas tus dientes todos los días, ¿verdad?

EMILY:Por la mañana no puedo porque desayuno en la escuela.

LOLA:Pero, ¿en la noche antes de dormir?

EMILY:La verdad cuando tengo mucho sueño, no lo hago.

LOLA:Sabes lo importante que es cepillarse los dientes después de comer.

EMILY:Lo sé, pero lo olvido.

LOLA:Ayer fui al dentista y reviso todos mis dientes y no tengo caries, están sanos.

EMILY:Mi papá me quiere llevar hoy.

LOLA :Que bien.

EMILY:¡Nooo¡ (Grita).

LOLA:¿Por qué no?

EMILY:Me da mucho miedo.

LOLA:El dentista no te v a lastimar.

EMILY:Ay me duele. (Toca su mejilla simulando dolor).

LOLA:¿Qué sucede Emily?

EMILY:Otra vez me duele la muela.

LOLA:Tienes que ir al dentista.

EMILY:Ay me duele mucho.

LOLA:Abre la boca, déjame ver (abre boca, Lola ve), tienes que ir al dentista urgentemente.

EMILY:¿Por qué?, ¿qué tiene mi muela?

LOLA:Esta toda negra.

EMILY:¡Negra!

LOLA:No tengas miedo, el dentista te ayudará a sentirte mejor.

(Entra el Señor Max).

MAX:Lola tiene razón.

EMILY:Papá, me duele mucho.

MAX:Vamos al dentista.

EMILY:No quiero ir, me da miedo, ¡ay! (Se queja).

MAX:Emily ya hemos hablado sobre la importancia de ir al dentista.

EMILY:Me asusta ver todas esas cosas que tienen.

LOLA:Haz como lo hago yo.

EMILY:Como lo haces.

LOLA:Cuando me siento en la silla, cierro mis ojos y canto en mi mente, así no veo nada.

MAX:Puedes hacer lo mismo.

EMILY:¿Y tú vas a estar ahí conmigo?

MAX:Estaré junto a ti.

EMILY:Entonces vamos (se queja) porque me duele mucho mi muela.

LOLA:Verás lo amable que es el dentista.

EMILY:Después te veo Lola, adiós.

LOLA:Adiós, que te vaya bien.

MAX:Vamos Emily, hasta luego Lola. (Salen por un lado).

LOLA:Adiós Señor Max. (Sale por el otro lado).

MI TIO POLICIA.

(Robo en la tienda).

Personajes:José, Brabucón, Don Pancho, policía, ladrón.

Escrita por: Benjamín Vargas y Fátima Reyes Guevara.

(Entra Don Pancho, acomoda latas).
DON PANCHO:Después de acabar aquí, tomare un descanso.
(Entra ladrón).
LADRON:Que tal Señor.
DON PANCHO:Buen día joven, en un momento te atiendo.
(Ladrón camina y observa, entran José y Brabucón).
DON PANCHO:¡Ey chicos!, ¿cómo están?
JOSE:Bien, gracias Don Pancho.
(Brabucón toma una bolsa de dulces José lo ve).
JOSE:No debes hacer eso.
BRABUCON:¿Por qué no?, es divertido.
JOSE:Estás robando.
BRABUCON:Si dices, te pego.
JOSE:Pero….
BRABUCON:¡Sch!, ¡cállate!
DON PANCHO:He terminado, bien que van a llevar.
JOSE:Mamá me dio una lista de las cosas que necesita.
DON PANCHO:Déjame ver, te ayudare.
(Ladrón se acerca).
DON PANCHO:Dígame joven, que va a llevar.
LADRON:El dinero, ¡esto es un asalto! (Saca una navaja).
DON PANCHO:No se asusten chicos, todo estará bien.
BRABUCON:Es un ladrón de verdad!
DON PANCHO:Deberías guardar esa navaja, alguien puede salir lastimado.
LADRON: Deme el dinero, no les hare daño, ¡rápido, póngalo en una bolsa!
DON PANCHO:Ten calma, voy a agacharme para tomar una bolsa, ten calma.
LADRON:¡Rápido!
DON PANCHO:Tranquilízate, me pones nervioso y no puedo hacerlo, ten calma.

JOSE:Déselo rápido, tengo miedo.

LADRON:¡¡De prisa anciano, de prisa!! (Grita).

(Entra policía).

POLICIA:¡Policía, pon las manos en alto!, estas arrestado.

LADRON:Solo tengo una navaja, ¡no dispare, no dispare! (Se asusta).

POLICIA:Pon las manos en la cabeza.

JOSE:Tío qué bueno que llegaste.

BRABUCON:¿Es tu tío?

JOSE:El mejor policía del vecindario.

POLICIA:Todo está bien Don Pancho.

DON PANCHO:Si oficial, gracias, a tiempo como siempre.

JOSE:Pero tío como supiste que había un ladrón aquí?

POLICIA:Don Pancho hizo sonar su alarma y así en la estación de policía nos dimos cuenta.

PANCHO:Cuando me agache por la bolsa oprimí el botón.

BRABUCON:Eso fue genial Don Pancho.

JOSE:Y fue muy valiente.

DON PANCHO:También tuve un poco de miedo por ustedes chicos.

JOSE:Tío, que va a suceder con el ladrón?

POLICIA:Lo llevaré a un centro juvenil.

JOSE:¿A la cárcel no?

POLICIA:No José, es menor de edad.

BRABUCON:¿Hay lugares como la cárcel para niños también?

POLICIA:Es el centro juvenil, a veces ahí también van chicos como ustedes, ¿ por qué preguntan?, acaso andan robando

tambien?

JOSE;Yo no tío, yo no.

BRABUCON:No quería hacerlo en verdad. (Entrega los dulces).

POLICIA:¿Por qué lo hiciste?

BRABUCON:Pensé que sería divertido tomarlos sin que Don Pancho lo notara.

POLICIA:Escuchen bien chicos, no es nada divertido robar, pues algún día te atraparan y las consecuencias no son buenas.

BRABUCON:Lo siento, no volveré hacerlo, lo prometo, no me lleve a ese centro. (Asustado).

POLICIA:No lo hare si Don Pancho no te acusa.

DON PANCHO:Tiene que pagar por lo que hizo.

BRABUCON:Por favor Don Pancho perdóneme, le pediré dinero a mi papá para pagarlos.

DON PANCHO:Tengo una mejor solución para que aprendas la lección.

BRABUCON:Hago lo que me pida, pero que el policía no me lleve.

DON PANCHO:Vendrás todas las tardes del verano a ayudarme en la tienda y si veo que robas, le hablare al policía.

BRABUCON:No robare nunca más, lo prometo, y ahora mismo le ayudo.

POLICIA:Primero debo hablar con tus padres.

BRABUCON:¿Con mis padres?

POLICIA:Ellos deben saber lo que hiciste.

BRABUCON:Está bien.

POLICIA:Vamos a tu casa. (Sale policía y Brabucón triste).

JOSE:Espero que haya aprendido la lección.

DON PANCHO:Esperemos que así sea.

(Salen).